KB151205

더 이상 미루면 포기할 것 같아서

일러두기
저자의 글체를 살리기 위해 맞춤법과 표기법은 저자의 스타일을 따랐습니다.

누구에게나
인생의 전환점이 있다

염규영 지음

더 이상 미루면 포기할 것 같아서

가디언

그래, 내 언젠가는 이런 날이 올 줄 알았다

차례

1

나도 좀 행복해지고 싶어

부모의 걱정이라면
이제 진절머리가 났다

왜 이렇게 진정이 되질 않는 걸까? 후… 후… 후우…. 연거푸
크게 숨을 내쉬어 봤지만 쿵쾅대는 가슴이 자꾸만 빨라진다.
양 주먹을 꽉 쥔 상태로 힘껏 발을 굴러도 머리끝까지 쌓인 분
노를 주체할 길이 없다.

이대로는 안 되겠다 싶어서 좌우를 두리번거렸다. 뭐 하나
때려 부숴야 이 답답한 속이 좀 풀릴 것 같은데 어떻게 하지?
마침 한창 공사 중인 건물 앞에 '사진'이라고 적힌 입간판이 보
였다. 플라스틱 재질에 속이 텅 비어 있어서 딱 저거다 싶었다.
힘껏 발로 차면 그야말로 시원하게 산산조각이 날 것 같다. 주
먹을 한 번 더 꽉! 쥐고 그 앞에 다가갔다.

부숴 버릴 작정으로 간판을 매섭게 노려보는데, 이게 뭐람. 미안할 정도로 참 노랗고 깨끗했다. 뜻밖의 미안함에 몇 초간을 망설였다. 그러나 다시 결심을 하고 오른 다리를 살짝 뒤로 뺐다. 그리고 차려는 순간, 이번에는 폭죽 터지듯 퍼져나갈 노란 파편들이 떠올랐다. 아… 길이 얼마나 지저분해질까? 저 간판은 무슨 죄고. 나는 어정쩡해진 자세를 고쳐 잡고 다시 집으로 향했다.

속에서 욕지기는 계속 나는데, 간판 하나 부수지 못하고 돌아서는 내 모습에 더 화가 치밀어 올랐다. 빌라에 도착해서 엘리베이터에 올라탔다. 4층 버튼을 누르자 스르르 문이 닫혔고, 그제야 참고 있던 분노가 폭발했다. 양손으로 있는 힘껏 문을 쳐 댔다. 쾅! 쾅! 아무도 없는 그 작은 공간에서야 조금은 용기가 났다. 다시 한번 쾅! 엘리베이터가 크게 흔들리며 내 몸도 같이 떨렸다.

나는 부모님 댁에 가까이 살면서도 잘 가지 않았다. 불평만 가득한 날들의 반복이라 부모와 나눌 얘기가 없었다. 아들을 보면 당연히 어떻게 지내냐고 물으실 텐데, 웃으며 대답할 자신이 없었다. 그렇다고 지친 표정을 지으면 걱정하실 게 뻔했고, 내 입장에서는 차라리 안 만나는 게 편했다.

그렇게 한참을 안 보고 지내던 어느 날, 어머니에게서 전화가 왔다. 맛있는 거 해 놨으니 저녁 먹고 가라고.

　일을 마치고 집에 도착하니, 이미 한 상 가득 음식이 차려져 있었다. 뚝배기에 담긴 된장찌개는 아직도 보글보글 끓고 있었고, 양념이 잘 밴 불고기에서는 고소한 냄새가 났다. 나는 자리에 앉아 조용히 저녁을 먹기 시작했다. 어머니와 마주 앉아 있었지만 별다른 대화를 하고 싶지 않았다. 나는 그저 이 식사를 빨리 끝내고 집에 돌아가고 싶을 뿐이었다. 그러나 어머니는 모처럼 만난 아들에게 이것저것 묻고 싶으신 게 많았다.

요새 어떻게 지내니? — 그냥 그렇죠.
누구 만나는 사람은 있니? — 아니요.
그럼 주변 사람들에게 부탁을 해 봐. — 제가 알아서 할게요.
밥은 어떻게 해 먹니? — 알아서 먹어요.

　나는 어머니에게 할 말이 없었고, 부모의 걱정이라면 이젠 진절머리가 났다. 어머니의 계속된 질문을 나는 견딜 수 없었다. 그러다 결국 또 한바탕 하고 말았다. 이제 그만 좀 하시라고. 당신들 말대로 열심히 살아서 지금 내가 어떻게 되었냐고. 서른 중반이 되도록 결혼도 못 하고, 10년 동안 붙잡아 온 전공도 그만뒀다고. 이제는 휴일도 없이 밤을 새우는 일을 하며 몸과 마음이 피폐해져 가는 이 현실이 억울하다고. 그러니 이제

제발 나를 내버려 달라고 말씀드렸다. 남들 놀 때도 공부하고 자격증 따고 조금이라도 나아지려고 열심히 살아 왔는데, 그렇게 노력한 결과가 이게 뭐냐고. 내가 나 하고 싶은 거 하며 살다 이렇게 됐으면 말이나 안 한다고. 나는 그동안 마음에 있던 얘기를 거르지 않고 말해 버렸다.

안방에서 TV를 보시던 아버지는 아무 말씀이 없으셨다. 그저 한껏 볼륨을 높인, 아나운서의 목소리만이 시끄럽게 흘러나왔다. 어머니는 내 옆에서 걱정하지 말라며 잘될 거라고 위로하셨다. 지금은 너무 후회되지만 그날의 나는 터져 나오는 감정을 주체할 수가 없었다. 오히려 이번에야말로 분명히 말해야 한다고 생각했다. 도대체 왜 당신들은 조금 더 좋은 대학과 그럴듯한 직장에 들어가야 한다며, 나와 맞지도 않는 전공을 선택하게 했느냐고. 그리고 남들에게 잘 보이기 위해 최선을 다하고 하고 싶지 않은 일들을 열심히 하는 게 특기인 사람으로 키웠냐고. 날선 칼날 같은 말을 모질게 내뱉었다.

이런 대화가 처음은 아니었기에 부모님도 이제는 참지 않고 말씀하셨다. 너 잘되라고 자신들 안 먹고 안 입고 뒷바라지한 것도 잘못이냐고. 너는 뭐가 그렇게 불만이 많은 거니? 다른 사람들에 비해 부족할 것도 없으면서, 아직 고생을 덜 해 봤다고. 그리고 아니다 싶으면 그만두면 되지, 그걸 왜 부모 탓으로 돌리는 거냐고. 나는 당신들의 말이 듣고 싶지 않아서 고개를 돌

더 이상 미루면 포기할 것 같아서

렸다. 그리고 나 자신이 악마인가 싶을 정도로 죄송한 마음이 전혀 들지 않았다.

나는 처음으로 부모님께 살고 싶은 삶에 관해 말씀드렸다. "적은 돈이라도 좋아하는 일을 하며 살아가고 싶습니다. 그리고 지금부터라도 삶의 방향을 스스로 정해서, 억지로 버티는 삶을 그만두고 싶어요. 그런데 아무리 생각해 봐도 제가 뭘 좋아하는지 모르겠어요. 말씀드린 적은 없지만 예전부터 세계 일주를 가고 싶었어요. 그래서 거기서부터 시작해 보면 어떨까 싶어요. 여행을 통해 제가 무엇을 좋아하는지 알 수 있을지도 모르고, 알게 된다면 거기서 힌트를 얻어 다음 단계로 나아가면 되니까요." 용기 내어 꺼낸 진심에 돌아오는 말은 뻔했다. 누가 좋아하는 일을 하며 사느냐고, 네 나이가 몇인데 그런 소리를 하느냐고. 그렇게 한참을 부모의 걱정과 질타가 섞인 따갑기만 한 말이 이어졌다. 그 모든 현실적인 말은 내 삶이 불행할 수밖에 없는 이유를 확인시켜 줄 뿐이었다.

어머니가 대백과사전 같은 입시 요강을 공부한 후 내 성향과 정반대인 전공을 선택해 주었을 때, 그리고 단박에 끔찍하게 보였던 첫 직장을 억지로 참고 다녀야 했을 때, 나는 무언가 단단히 잘못되었음을 느꼈었다. 이상하게도 그분들의 기대에 맞추려고, 열심히 하면 할수록 점점 더 불행해지는 거 같았다.

나는 내 삶이 더 나빠지기를 원하지 않았다. 그래서 어느 순간부터 부모가 내 삶에 더 이상 간섭하지 못하도록 퉁명스러운 태도를 취하기 시작했다. 그리고 내게 좋아하는 것이 무엇인지 묻거나 굳이 싫은 일을 억지로 하지 않아도 된다고 말해 주지 않았던 부모님에게 어떤 일도 의논하지 않기 시작했다.

그런데 오늘은 이상했다. 나의 불행에 누군가는 분명 책임을 져야 하는데, 그 대상이 사라지고 없었다. 이렇게 한바탕 다투는 동안, 자식이 잘 되길 바라는 부모님의 진심이 너무 와닿았다. 이전에는 한 번도 부모의 마음을 느낄 수가 없었는데, 오늘은 일방적으로 하소연을 다 받아내는 당신들의 마음이 참 힘들겠다는 생각이 들었다. 매번 참고 인내하며 위로해 주던 부모님이 지친 속마음을 꺼내니, 그들을 등졌던 내 마음이 돌아설 수밖에 없었다. 그래서 오늘은 대화 중간중간 미안하고 아픈 마음이 아지랑이처럼 피어올랐다.

심지어 그 모진 말들을 다 받아낸 뒤에도 어머니는 잘 익은 총각김치와, 선물로 받았다는 케이크를 싸 주셨다. 그것도 모자라 아들이 걱정됐는지 신호등까지 마중 나와 주셨다. 그 거리를 아무 말 없이 어머니와 걸어오며 난 분명히 알 수 있었다. 더 이상 조금이라도 나의 억울함을 부모의 탓으로 돌릴 수 없다는 것을. 그리고 이것은 나의 잘못도 부모의 잘못도 아니라는 것을. 부모님과 제대로 한바탕하고 나서야 원망의 대상이 사라졌고, 그제야 현실이 눈에 들어왔다.

내 삶이 노력할수록 불행해진 것은
'내가 어떻게 살아야 행복한가?'라는
중요한 질문을 스스로에게 하지 않았기 때문이었다.

보다 정확히 말하자면
내 삶의 주인으로서 어떻게 살아야 하는지,
내 삶을 스스로 정할 수 있다는 생각 자체를 해 보지 못했다.

질문 자체를 던지지 않았으니 답이 없었고,
어떻게 살아야 행복한지 묻지 않았으니
나는 행복할 수가 없었다.

그리고 부모 역시 나와 다르지 않아서
나에게 알려 줄 수 없었을 뿐이었다.

　며칠 후 나는 새벽 근무를 마치고 카페로 향했다. 다들 회사
에서 일할 시간이라 그런지 카페 안은 여유로웠다. 나는 볕이
은은하게 내리쬐는 곳에 앉아 따뜻한 김이 올라오는 아메리카
노를 한 모금 들이켰다. 그리고 노트북에 하고 싶은 일들을 적

어 내려가기 시작했다.

내 삶이 무엇을 하고 싶은지 묻지 않아서 불행해졌다면 내게 남은 방법은 간단했다. 이제라도 진정으로 하고 싶은 일을 해 보는 것, 그것이 나를 조금은 행복하게 만들어 줄 거라고 생각했다. 그리고 원하는 일을 하다 잘못된다고 하더라도 손해날 게 없었다. 나는 이미 충분히 불행했고, 나이도 차고 경력도 단절된 나에게 더 이상 나빠질 일이 있을까 싶었다. 먹고 죽은 귀신이 때깔도 좋다고, 하고 싶은 일을 하다 잘못되더라도 오히려 그게 더 낫지 싶었다. 끝내주는 추억이라도 생겼으니까. 그렇게 위안 삼으면서 남은 생을 살아가면 되겠다 싶었다. 그리고 적어도 그렇게 살면 스스로를 불행하게 만드는 일도, 소중한 사람에게 상처 입히는 일도 그만둘 수 있을 거 같았다.

더 이상 미루면 포기할 것 같아서

나 자신을 외면했을 때
생기는 일

우연히 만난 그 영상은 나를 완전히 매료시켰다. 플레이 버튼을 누르자 흑백 화면에 잔잔한 피아노 선율을 흘러나왔다. 그리고 곧 'Dancing'이라는 하얀 글자가 멋을 부리지 않고 중앙에 크게 나타났다. 서서히 음악 템포가 빨라지기 시작한다. 그리고 조금씩 화면이 밝아지면서 좁고 어수선한 인도의 골목이 나타났다. 그곳에 옅은 갈색 반바지와, 땀으로 흠뻑 젖은 하얀 티셔츠 차림의 젊은 외국인이 있었다. 그는 화면 밖 누군가에게 카메라를 건네고, 그 골목 한가운데로 들어가 자리를 잡았다. 그와 동시에 부드럽기만 했던 선율에 경쾌하고 일정한 비트가 더해졌다. 그가 춤을 추기 시작했다. 그리고 신이 난 아이처럼 기분 좋은 미소를 지었다. 뭔가 어설픈 동작에 사람들의 시선이 쏟아졌지만, 그는 아랑곳하지 않고 더 밝게 웃으며 춤을 이어갔다. 그러곤 그가 춤을 추는 배경이 바뀌기 시작했다. 부탄, 북아일랜드, 잔지바르, 네덜란드, 쿠웨이트, 멕시코 등 4분 동안 30여 개의 나라가 등장했다.

그의 춤은 엉성했지만, 그가 춤추고 있는 세상은 눈을 뗄 수 없을 정도로 환상적이었다. 단 두 개의 색만이 존재하는 세상. 그의 발밑은 온통 짙은 갈색의 모래였고, 하늘은 어두운 남색으로 덮여 있었다. 그 광활한 사막에서 그는 마치 자유로움을 춤추는 듯해 보였다. 그러곤 금세 산처럼 거대한 신전 앞으로 사방이 온통 붉은, 튤립 꽃밭 한가운데로 옮겨 갔다. 그렇게 처음 본 세상에 놀라고 있던 그 순간, 그는 육지가 아닌 파란 심연의 바닷속으로 이동했다. 그리고 그 속에서 커다란 고래와 함께 헤엄치며 춤을 추고 있었다. 비가 와도 멈추지 않았고, 점점 친구들이 생겨났다. 혼자 시작한 그의 축제는 수십, 수백 명과 함께 하는 파티가 되어 있었다.

세상에 저럴 수도 있었다. 휴가라는 이름으로 1년에 한두 번 떠나는 여행이 아니라, 바람처럼 세상을 흐르는 그런 여행도 존재하고 있었다. 나는 놀라움에 벌어진 입을 다물 수가 없었다. 그렇게 몇 분이 지나서야 몸을 부르르 떨며 정신을 차릴 수 있었다. 그리고 다시 플레이 버튼을 누르며 그의 여행을 한참이

나 마음에 담았다. 그러나 그날의 감동은 너무 비현실적이라서, 금세 오래된 영화처럼 희미해졌다.

현실을 살아가는 사이에, 나는 직장인이 되었고 어느날 사우디아라비아로 출장을 가게 되었다. 해외 출장이 처음라 걱정됐지만 별일 없이 입국 심사를 마쳤고 준비된 버스에 탑승했다.

다소 분주했던 공항 주변을 벗어나자 광활한 모래 바다가 펼쳐졌다. 당최 어디가 시작이고 끝인지 알 수가 없었다. 살짝 어둡고 탁한 노란색의 모래와, 동물들의 접근을 막기 위한 철조망이 영화 필름을 이어 붙인 듯 계속 되풀이되고 있었다. 조금 가다 보면 다른 풍경도 있을 거라 기대했지만 사방은 지루한 반복이었다. 오로지 사막 위 네 줄의 검은 아스팔트가 전부였다. 그리고 그 위를 달리는 버스 안은 위험할 정도로 고요했다.

긴 비행에 지쳤는지 깨어 있는 사람이 없었고 나는 문득 겁이 나기 시작했다. 이 무한 반복되는 단조로움에 기사님마저 잠들면 어쩌지? 과연 이런 상황에서 안전 운전이 가능하기는 한 걸까? 보조석에 있던 나는 눈치 못 챌 정도로 살짝 곁눈질했다. 휴, 다행히도 아직은 괜찮은 것 같다. 그러나 생각이 여기에 미치자 나라도 뭔가 해야 할 것만 같았다. 그래서 기사님의 말동무가 되어 드리기로 했다. 어떤 구문으로 말해야 하나? 내 발음을 알아듣기는 할까? 영어를 잘 못해서 망설였지만 모두

의 안전을 위해서 잠깐 창피하고 마는 게 나을 거 같았다.

— 전 한국에서 왔어요. 기사님은 어느 나라 분이세요?

반가워. 난 인도에서 왔어.

— 가족들도 이곳에 함께 있어요?

아니. 가족들은 인도에 있어.

— 그러시구나. 많이 보고 싶으시겠어요.

물론 보고 싶지. 1년에 한 번밖에 휴가가 없거든. 그래도 내 가족은 행복할 거야. 내가 돈을 많이 벌어다 주거든.

그는 정면을 응시한 채 자랑스러운 듯 말을 이어가다가 잠시 멈췄다. 그러곤 생각에 잠기는가 싶더니, 툭 내던지듯 한숨을 내뱉었다. 그리고 다시 정면을 응시하고는, 덤덤하고 나지막하게 한마디를 더했다.

But, I'm not happy(난 행복하지 않지만).

그가 잠이 들까 걱정돼서 말을 걸었는데, 오히려 정신이 번쩍 든 건 나였다. 행복하지 않다고 덤덤하게 전하는 그의 말은 사막의 뜨거운 햇살만큼이나 내 마음을 따갑게 했다. 나는 그 순간 일사병에 걸린 것처럼 멍해졌다. 현장으로 향하는 내내 적당한 위로의 말을 찾아봤지만 끝내 아무 말도 전할 수 없었다.

숙소에 무사히 도착한 우리는 다른 일정 없이 푹 쉬었다. 그리고 다음 날부터 빡빡한 일정을 소화해야 했다. 그렇게 정신 없는 하루하루가 지속되던 어느 날, 동료들 사이에서 좀 즐겨야 하는 거 아니냐는 얘기가 나왔다. 사막에 왔는데 일만 하고 있으니 너무 아쉽다는 거였다. 그래서 우리는 숙소 앞 사막에 누워 별을 보기로 했다. 대단한 계획은 아니었지만 사막과 별의 조합만으로도 충분히 가슴이 설레었다. 저녁을 먹고 모인 우리 팀은 푹신하고 미지근한 모래 위에 누워서 하늘을 바라보았다. 마침 불어오는 따스한 바람과 조금은 침침한 가로등 불빛은 자연스레 서로의 얘기를 꺼내게 만들었다.

오늘 가슴 아픈 얘기를 들었어.
— 무슨 일이 있었던 거야?
근무가 끝나면 매일 공항으로 가는 직원이 있다고 하더라고.
— 운전하는 분이야? 대부분 운전은 인도에서 오신 분들이 해주시던데.
아니, 그런 게 아니라….
— 아, 현장이 답답하니까 시내에 여흥이라도 즐기러 가시는 건가?

그런 게 아니고. 그분이 아이를 얻은 지 한 달 만에 이곳으로 발령을 받으셨더라고. 그래서 아이가 너무 보고 싶어서 일과가 끝나면 매일 공항으로 가신대. 그러곤 이륙하는 비행기를 보며 집으로 돌아가는 상상을 한다고 하시더라고.

― 가족이 얼마나 보고 싶으셨으면….

그 순간, 얼마 전에 겪었던 고통스러운 순간이 떠올랐다.

나의 일상은 꼭 두더지 같았다. 햇볕을 피하듯 사람들 눈에 띄지 않게 자꾸만 숨었다. 운동을 업으로 살아가고 있었지만 나의 모습은 운동 전문가와는 거리가 멀었기 때문이었다. 평범한 체격에 안경을 쓰고, 이목구비도 또렷하지 않았다. 나는 여전히 야구 규칙을 몰랐고, 운동보다는 책이 더 좋았다.

이런 내가 운동과 관련된 전공을 선택하게 된 것은 오로지 더 나은 대학에 가기 위해서였다. 그게 좋다고 해서 욱여넣듯이 편입을 했고 악착같이 노력해서 우수 졸업을 했다. 그리고 괜찮은 회사에 취업할 수 있었다. 그러나 조금의 흥미도 없이 버텨 내야만 했던 운동은 노력해도 좋아지지 않았고 억지스럽기만 했다. 일과 안 어울리는 내가 창피했고, 이런 나를 들킬까 봐 항상 조심스러웠다.

그런데 어느 날 트레이닝복을 입고 회사 밖으로 나갔는데,

숨이 잘 쉬어지지 않았다. 계단을 내려올 때부터 숨이 가쁘고 심장이 쿵쾅거렸다. 주위 사람들이 나를 바라보는 시선이 칼날처럼 매섭게 느껴졌다. 사람들을 너무 의식해서인지 왼쪽 이마가 쪼개지듯이 아파 왔다. 귀에서는 삐이익- 하는 날카로운 고주파 소리가 들렸다. 도무지 정신을 차릴 수가 없었다. 정신과 몸이 분리된 듯 하얗게 붕 뜬 느낌이 들더니 감각이 전부 마비될 거 같았다.

운동과 어울리지 않는 나를 회사 안에 잘 감추고 있었는데 밖에 나와서 비틀거리니, 마치 발가벗겨진 것처럼 창피했다. 다들 나를 보며 '저 사람 봐 봐. 저런 사람이 운동 처방을 한다니, 아무래도 내가 더 잘 할 것 같은데. 나보다 몸도 좋지 않을 걸!'이라고 속으로 흉을 보는 거 같았다. 항상 맞지 않은 옷을 입고 있는 것 같아 불편했는데, 내 마음이 이 정도로 힘들어하고 있는 줄은 몰랐다.

그러고 보니 인도 기사님과 공항으로 출근하는 직원, 그리고 나는 묘하게 서로 닮아 보였다. 국적과 버는 금액만 다를 뿐 모두 소중한 것들로부터 멀어져 행복하지 않았다. 그들은 사랑하는 가족에게서, 그리고 나는 힘들어하는 자신에게서 멀리 떠나와 있었다. 과연 나는 제대로 살아가고 있는 것일까? 혹시 잘못된 방향으로 가고 있는 건 아닐까? 과연 노력한다고 해결될

더 이상 미루면 포기할 것 같아서

문제일까?

불현듯 세계를 여행하며 춤을 추던 그의 모습이 떠올랐다. 나도 그처럼 억지스러움 없이 웃고 싶다는 생각이 들었다. 분명히 이건 정상일 수 없었다. 더 나아지기 위해 열심히 노력하고 있는데, 몸과 마음이 이렇게 괴롭다면 분명 무언가 잘못되었을 것이다. 그리고 지금까지 답을 찾지 못하고 있었다면 어쩌면 답을 찾을 수 없는 환경에 있었기 때문이 아닐까? 그렇다면 모두가 똑같은 방법으로 살아가는 이곳 말고, 세계로 나아간다면 어떨까? 다양한 세계와 사람들을 보고 경험한다면 지금의 괴로움에서 벗어날 수 있을지도 모르겠다는 생각이 들었다. 그리고 정말 운이 좋으면 춤추며 여행하는 그처럼 나도 웃을 수 있지 않을까? 그렇게 나는 서른이 넘은 어느 날, 세계 일주라는 탈출구를 마음에 품었다.

퇴사 전 로망,
퇴사 후 현실

퇴사하는 게 이렇게 어려운 일일 줄이야. 하고 싶은 게 있어서 그만두겠다고 말씀드렸는데, 정말 쉽지가 않았다. 팀장님과 상무님이 다시 한번 생각해 보라고 번번이 나를 돌려보냈다. 그런데 아무리 생각해 봐도, 이런 상태로 회사에 다니는 것은 정말 못 할 일이다. 이미 회사에 대한 마음이 떠나서 일도 손에 잡히지 않았고, 동료들도 내가 그만두려 한다는 것을 다 알고 있었다. 이럴 줄 알았으면 결정 날 때까지 얘기하지 말 걸. 후회하면 뭐하랴, 이미 엎질러진 물인데. 그렇게 이러지도 저러지도 못한 채 벌써 보름이라는 시간이 흘러 버렸다.

출근하며, 다시 한번 마음을 다잡았다. 오늘은 정말로 그만둔다고 말해야지! 무슨 회유의 말씀을 하셔도 이번만큼은 내 뜻을 분명히 전해야겠어. 아침 일찍 사무실에 도착한 나는 주위를 둘러보았다. 아직 우리 팀원들은 출근 전이었다. 나는 가방을 의자 위에 걸어 두고, 자리에 앉아 다시 한번 주변을 살폈다. 그리고 첫 번째 서랍을 열어 서류들 밑에 감춰 둔 사직서를 꺼냈다. 참…. 보고 또 봐도 적응이 되질 않는다. 이 종이 한 장이 주는 무게감은 상당한데, 그 안에 적힌 거라고는 소속, 직위, 성명, 입사 일자, '개인 사유'라고 적힌 사직 이유가 전부다. 내 마음은 그 네 글자로 담기에는 너무도 복잡한데….

똑똑똑. 옷매무새를 가다듬고 상무님 방에 노크했다. "들어와요." 낮고 차분한 목소리가 건너왔다. 여느 때보다 더 조심스럽게 방 안으로 들어갔다. "안녕하세요." 조금 긴장했는지 목소리가 떨렸다. 상무님께서는 언제나처럼 반겨 주시며 차 한잔하자고 말씀하셨다. 마주 앉아서 가벼운 얘기를 주고받고 있으니, 곧 비서가 차를 내왔다. 따뜻한 찻잔을 두 손으로 감싸자, 손바닥으로 적당한 온기가 전해졌다. 그제야 긴장된 마음이 조금은 누그러지는 것 같았다. 상무님은 차를 한 모금 마신 후 내 퇴사에 관한 얘기를 꺼내셨다.

생각은 해 봤어요?

더 이상 미루면 포기할 것 같아서

— 예. 며칠간 계속 고민해 봤습니다. 그렇지만 퇴사하고자 하는 마음에는 변함이 없습니다. 저를 배려해 주시는 걸 아는데, 이렇게밖에 말씀드리지 못해서 감사하고 또 죄송합니다.

잠시 정적이 흐른 후 상무님께서 다시 한번 나를 다독여 주셨다. "음…. 염 대리, 그만두는 것보다 6개월 정도 휴직하고 좀 쉬다 오면 어떨까? 급여도 지급받으면서." 생각지도 못한 제안에 조금 당황스러웠지만, 오늘은 조금의 흔들림도 없었다. 지금까지 이유가 다를 뿐, 참고 견디다가 지금의 슬픈 내가 되지 않았던가. 이번에야말로 내게 맞지 않는 옷을 던져 버리고 싶었다. 잠시 숨을 고르고, 조용하지만 단단한 어투로 말씀드렸다. "세계를 여행하고 싶다는 꿈을 꼭 이루고 싶습니다. 어렵게 마음먹었는데, 이번에 도전하지 않는다면 다시는 떠나지 못할 거 같습니다." 지난번에도 나눴던 얘기였기에, 상무님도 더는 잡지 않으셨다.

사직서를 제출하기 위해 인사 팀으로 향했다. 지금까지 그렇게 마음을 졸였는데, 정작 접수하는 과정은 서운할 정도로 간단했다. 잘한 일인가? 잠시 두려운 마음이 일었지만, 고개를 좌우로 크게 흔들었다. 이젠 다시 되돌릴 수도 없지 않은가?

자리로 돌아오면서 넓은 사무실을 둘러보았다. 통로 좌우로 줄줄이 붙어 있는 책상에서 타닥타닥 키보드 소리가 끊이질 않았다. 다들 정신없는 오후를 보내고 있었다. 그 사이를 걸어가고 있는데, 순간 내가 영화 주인공처럼 멋지다는 생각이 들었다. 직장 상사가 나가지 말라고 몇 번을 만류해도, 흔들림 없이 자신의 꿈을 얘기하고 쿨하게 회사를 떠나는 훈남. 물론 영화 속 주인공처럼 잘생기지는 않았지만, 이 모든 상황이 꼭 영화 같았다. 무엇보다 이제 보름 후면 짜증을 유발하는 만원 버스도, 왜 그래야 하는지 모를 월화수목금금금도 정말로 안녕이다. 무엇보다 나를 아는 이 아무도 없는 곳에서 자유롭게 여행할 생각을 하니 미소가 절로 지어졌다.

눈을 떠보니 11시가 훌쩍 넘어 있었다. 블라인드 너머로 해가 한창이었지만, 그러거나 말거나 다시 눈을 감았다. 푹 자서 더 잘 생각은 없었지만 매트리스에 푹 빠져 있는 지금 이 순간이 너무 평온했다.

베개에 얼굴을 파묻고 잠깐잠깐 꼼지락거리다가 아침 겸 점심을 먹기 위해 일어났다. 당연한 건가? 아니면 이상한 건가? 회사를 그만두자 일찍 일어날 이유가 없었다. 매일 바빠야 했던 일들이 감쪽같이 사라졌다.

사회인이 된 이후 첫 방학을 맞은 나는 실컷 자고, 원하는 때 시간을 들여 음식을 해 먹었다. 그동안 몸과 마음이 너무 지쳐 있었기 때문에 우선은 좀 쉬고 세계 일주 계획을 세울 생각이었다. 그리고 급할 게 없으니 제주도에 가서 하늘색 바다를 원 없이 보고 싶었다. 선 채로 잠시 생각하다가 그냥 가기로 했다. 나는 상현이에게 전화를 걸어 약속을 잡고, 바로 비행기를 예약했다.

며칠 후 내 마음만큼이나 가벼운 차림으로 제주행 비행기에 올라탔다. 그리고 렌터카를 타고 그토록 보고 싶었던 제주의 투명한 바다와 나란히 달렸다.

파도 거품처럼 하얀 숙소는 따뜻한 조명으로 가득 차 있었다. 문을 열고 1층 카페로 들어가니 가장 먼저 커다란 창이 눈에 들어왔다. 그 안에는 하늘과 바다 그리고 푸릇한 잔디가 작품처럼 담겨 있었다. 2층 난간 때문인지 빛이 잘 들어오지 않았는데, 그래서 오히려 하늘연두색의 바다가 더 선명하게 보였다. 경치를 감상하며 체크인을 기다리는데, 한 여성이 카페 안으로 들어왔다.

목과 어깨 중간까지 내려오는 단발보다 약간 긴 머리, 얇은 베이지색 가을 코트와 밝은 톤의 청바지를 입은 그녀는, 세련되고 조금은 슬퍼 보였다. 그녀는 바다를 마주 보고 자리를 잡았다. 커다란 캐리어에 외투를 걸어 두고 창밖을 응시하는 그녀에게 자꾸만 눈길이 갔다. 그렇게 아름답던 이곳의 하늘과 바다가 그저 그녀의 아름다움을 돋보이게 하는 배경처럼 느껴

졌다. 나는 그녀가 마음에 들었고 기회를 봐서 연락처를 물었다. 그런데 이게 웬일인가? 마침 그녀는 다리 하나 건너 옆 동네에 살고 있었다.

정말 인연인가 싶었던 나는, 그녀를 볼 핑계를 만들기 시작했다. 그녀가 산책을 하면 나도 산책하던 중이라고 대답하고 운동복으로 갈아입었다. 그리고 그녀가 있는 곳으로 향했다. 너무 급하게 달려가다 보니 등이 땀으로 범벅되어 있었다. 내가 생각해도 참 티가 나고 어설펐지만 그래도 그런 의도적인 우연들의 결과로 그녀와 연인이 될 수 있었다. 그녀는 아름다웠고 자유로운 데다가 모험심이 가득했다. 그리고 내 여행에 대한 꿈을 귀 기울여 들어 주었고, 철없다고 타박하지 않았다. 그래서 그녀라면 함께 떠날 수 있을지도 모르겠다고 생각했다.

그런데 이상하게도 시간이 지날수록 함께하는 순간들이 마냥 기쁘지는 않았다. 도대체 무엇이 문제이고 내가 왜 답답해하는지 알 수가 없었다. 그때의 난 그녀와 헤어지는 마지막 순간까지도 이유를 잘 몰랐다. 지금 생각해 보면, 나는 혼자만의 여행이 필요하다고 생각했던 것 같다. 그녀는 좋은 사람이고 그녀와 함께하는 순간들이 행복했지만, 나는 거의 언제나 그녀의 계획에 따라가고만 있었다. 태어나서 처음으로 스스로 결정한 목표이기에, 이번 여행의 주체는 내가 되어야 했다. 이건 그 사람을 좋아하고 좋아하지 않는 문제가 아니었다. 나로서 살아가기 위해 스스로 방향을 정하고, 그 과정에서 발생하는 모든 순간을 스스로 겪어 내야 했다. 그래서 내가 누군지 알아내야 했고 그렇게 내 인생에서 제대로 독립을 해야 했다. 아름답고 적극적인 그녀와 함께 있으면 나를 찾아가는 첫 도전이 실패로 끝날 것 같아 두려웠던 것 같다. 나는 정확한 이유도 모른 채 조금씩 그녀에게서 도망치고야 말았다.

어렵게 퇴사를 했는데, 계획 없이 지내다 보니 시간과 돈이 순식간에 사라졌다. 이제는 세계 일주를 떠나려고 해도 비용이 턱없이 부족했다. 별다른 방법이 없으니 다시 일을 해야 했다. 배운 게 도둑질이라고 대학교 피트니스센터 파트타임에 지원했다.

한창 피크 시간에 아이들 운동을 봐주고, 욕실을 청소했다. 그리고 창고 간이침대에서 잠이 들었다. 오래 할 생각이 없었던 터라 근무 환경에 불만을 갖지 않고 묵묵히 일을 했다. 센터 팀장은 그런 내가 마음에 들었는지, 아니면 부려 먹기 좋았는지 나를 채용하겠다고 했다. 그러곤 정말로 상부에 인력 충원을 요청했고, 나를 계약 직원으로 채용했다. 근무 조건이 나아졌으면 좋아해야 하는데, 뭔가 찜찜했다. 이게 아닌데…. 이상하게 또 의도치 않은 사건이 벌어졌고, 세계 일주는 점점 멀어지고 있었다. 게다가 이번에는 정규직을 제안하며 나를 이용하

더 이상 미루면 포기할 것 같아서

기 시작했다. 팀장은 조직 내에서 자신의 입지를 높이기 원했고, 떳떳하지 않은 일들을 나에게 시켰다. 정신을 차리고 보니, 어이가 없어서 웃음이 절로 났다. 내가 뭐 하고 있는 짓인지. 힘들게 퇴사해 놓고, 원하지도 않는 정규직에 흔들려 놀아나고 있었다.

다시 한번 더 사표를 냈다. 너무 바보 같은 나지만 이대로 포기할 수는 없었다. 그래서 곧 다른 일을 알아봤는데, 경력이 엉망이 된 나는 갈 곳이 없었다. 전공과 관련된 업체에 수십 통의 이력서를 보냈지만, 어디서도 연락이 오지 않았다. 어떻게든 돈을 벌어야 했기 때문에 여러 공장에도 찾아갔는데, 거기서도 나를 원하지 않았다. 그렇게 수십 번의 탈락 속에 딱 한 곳, 경비 업체에서 연락이 왔다.

세계 일주를 간다고 사표를 낸 지 3년 만에 완전히 입장이 뒤바뀌어 있었다. 그 어느 때보다 더 깔끔하게 차려입고, 나를 잘 팔기 위해 열심히 면접을 봤다. 다행스럽게 취업이 됐고, 바로 다음 날부터 근무할 수 있었다. 그런데 너무 급했던 걸까? 이곳의 근무 조건은 참으로 열악했다. 3교대로 일주일에 두세 번은 밤샘 근무를 해야 했고, 휴일 자체가 없었다. 주말도 명절도 나와는 전혀 상관없는 일이 되어 버렸다. 안 해 본 일에 적응한다는 어려움도 있었지만 계속되는 밤샘 근무는 나를 병들

게 하는 거 같았다. 운동도 하고 책도 보면서 다시 여행을 준비하려 했지만, 도무지 아무것도 할 수 없었다. 이런 삶 속에서 꿈을 꾸는 것은 너무 버거운 일이었다.

　밤늦게 순찰을 도는데 주머니가 울렸다. 지~~잉. 정말 모처럼 울린 스마트폰에 아끼던 민혜 이름이 떠 있었다. 잠시 받을까 말까 고민했지만, 항상 나를 '선생님'이라 부르던 이 친구의 밝은 목소리가 듣고 싶었다. 나는 잠시 망설이다 통화 버튼을 눌렀다. "선생님, 어떻게 지내요? 여행은 잘 갔다 왔어요?" 나는 손을 입에 가져가 헛기침을 하며, 목소리를 밝게 가다듬고 대답했다. "응. 잘 지내지. 여행도 좋았고." 이 친구는 아까보다 한껏 격양된 목소리로 물었다.

　어디 어디 갔다 왔는데요?
　— 아… 스위스도 가고 독일도 다녀왔지.
　역시 대단하세요.
　— 대단하긴…. 내가 정말 미안한데. 지금 바쁜 일이 있어서 나중에 전화할게."

민혜의 목소리는 예전처럼 나를 설레게 했지만, 나는 더 이상 거짓말로 대화를 이어 갈 수가 없었다. 이 친구뿐만 아니라 다른 친구들에게도 마찬가지였다. 간간이 안부를 묻는 사람들에

게, 나는 현실을 거짓으로 포장하기 바빴다.

사실 첫 회사를 나올 때, 은근히 잘난 척을 했고 도전하지 않는 사람들을 이해할 수가 없었다. 그랬으니 내 삶은 멋있어야 했는데, 현실은 도무지 내세울 게 없었다. 처음 1년은 여행을 준비한다고 말했지만, 2년 후부터는 그렇게 변명할 수도 없었다. 그래서 짧게 여행을 갔다 왔다고 하거나 더 좋은 곳에 취업했다고 말했다. 그리고 그 이후부터는 SNS 계정을 삭제하고, 걸려 오는 전화도 잘 받지 않았다. 얼굴 한번 보자는 말에는 어떻게든 일이 있다고 피했다. 나는 세계 일주는커녕 세상으로부터 꽁꽁 숨었다. 그리고 아무도 날 기억해 주지 않기를 바랐다.

더 이상 미루면 포기할 것 같아서

가장 좋은 계획은
'내 멋대로'

내 인생에 대해 탓할 사람이 없어지자 모든 것이 심플해졌다. 부모님과의 언쟁은 죄송하고 힘들었지만 그날 이후로 내 삶의 방향이 바뀌기 시작했다. 결국 이 상황을 해결할 수 있는 건 나 자신뿐이었고, 그 방법을 생각해 내야만 했다. 외부적 조건은 달라진 게 없는데 조금씩 기운이 나기 시작했다. 4년이 넘도록 세계 일주를 미뤄뒀는데, 이제야 한국을 떠날 이유가 모두 충전된 것 같았다.

여행을 떠나기 위해서 앞으로 해야 할 일은 간단했다. 우선 계획을 짜고 그 계획에 필요한 돈을 마련한다. 그리고 바로 떠나면 되는 것이다. 그렇다면 계획은 어떻게 세울 것인가? 이 부분에 대해서는 크게 걱정하지 않았다. 인생에 고민이 생길 때마다 그랬던 것처럼 이번에도 책과 영상에서 도움을 얻기로 했다. 먼저 여행을 떠난 많은 선배가 자신들의 얘기를 한가득 담아 놓았을 테니까. 그래서 나는 퇴근 후 집에 가서 멍하니 쓰러지는 대신 조금 힘을 내서 도서관과 카페로 향했다.

아지트에 도착한 나는 꿈을 꿀 준비를 한다. 노트북을 켠 후 책을 펴고, 이어폰을 귀에 꽂는다. 그리고 주문한 아메리카노를 옆에 두면 모든 세팅이 완료된다. 이제 조용히 다른 이의 여행을 따라가 본다.

책을 펼치자, 땅과 하늘의 구분 없이 온 세상이 하얀 구름으로 덮인 믿지 못할 광경이 펼쳐진다. 그 솜이불처럼 하얀 구름 세상을 여행자들이 지프를 타고 신나게 달리고 있었다. 이곳은 우유니 소금사막이라는 곳이었다. 우기 때 사막에 고인 물이 마치 거울처럼 하늘을 비추고 있었다. 그러나 곧 내가 방문하게 될 5월은 건기라서 물이 고여 있지 않다는 충격적인 사실을 접했다. 3초 정도 크게 낙심했지만, 이게 과연 낙심할 일인가? 우유니 사막에 가 볼 수 있다는 것만으로도 이미 행운인 걸. 오히려 더 잘된 일인지도 모르겠다. 이번 여행에 스케이트보드를 가져갈 계획인데, 하얀 사막을 달리기에는 그편이 더 나을지도 모르겠다. 잠시 눈을 감고 다시 상상해 본다. 더운 바람을 가르

며 온통 하얀 세상을 달리는 내 모습에 절로 미소가 지어졌다.

이번에는 책을 덮고 세계 일주 영상을 감상한다. 클릭하자마자 세상 처음 보는 광경이 눈앞에 나타났다. 무지개 색의 산이라니! 알록달록한 거대한 능선이 지평선까지 이어져 있었다. 마치 산이라는 바다에 파스텔 물감을 뿌려 놓은 듯, 눈길 닿는 곳마다 오묘한 색을 드러내고 있었다. 지구상에 이런 아름다움이 존재할 거라고 상상조차 해 보지 못했다.

나는 지치는 줄 모르고 여행에 대해 고민했다. 어떤 날은 아지트가 되어 버린 카페에서 밤새 계획을 세우다 출근하는 경우도 있었다. 단 한 명을 뽑는 편입 시험 때도 잠까지 미루지는 않았었다. 그런데 이제는 스스로 잠을 줄일 뿐 아니라 피곤한 몸으로 출근하는 길에서도 행복을 느끼고 있었다

그러나 여행 계획은 도무지 진도가 나가지 않았다. 세계는 내가 생각한 것보다 더 거대했고, 여행에 대한 정보는 넘쳐 났다. 그런데 내가 원하는 것을 모르니, 어디를 가야할지 갈피를 잡을 수가 없었다. 그렇다고 남들이 알려 주는 정답을 따라갈 생각은 전혀 없었다.

나는 어떤 여행을 하고 싶은 걸까?
나는 어디를 가고 싶은 것일까?
나는 무엇을 하고 싶은 걸까?

더 이상 미루면 포기할 것 같아서

이 모든 물음은 결국 하나로 통해 있었다.

내 마음이 끌리는 것은 무엇인가?

나는 멋진 여행을 짜 맞추는 것을 멈추고 내가 무엇을 느끼는가에 집중하기 시작했다. 〈관광지가 되어버린 마추픽추에서 감동을 느낄 수 없었다〉라는 글을 보고 검색을 해 보았다. 그곳을 오르는 좁은 길에 사람이 바글바글했다. 그 속에 들어가 있는 나를 상상해 보았다. 여기저기 들려오는 사람들의 목소리, 시간에 쫓겨 다급한 나의 마음. 생각만으로도 벌써 골치가 아팠다. 곧 내 마음이 사람에 치여 정신없는 곳은 가고 싶지 않다고 말해 주었다. 반대로 이름 모를 파키스탄의 도로는 내 마음을 설레게 했다. 깃털 모양의 기다란 나무들이 바람에 흔들리고 있고, 도로 양옆으로는 거대한 갈회색의 바위산들이 장엄하게 이어져 있었다. 그 사이로 지나가는 자동차는 마치 장난감처럼 작게 보였다. 영화에서나 볼 법한 웅장한 광경이었다. 이 도로를 달려 본다면 자연이 주는 장엄함이 무엇인지 느껴 볼 수 있을 거 같았다.

이렇듯 마음의 소리에 귀 기울이는 연습을 하자, 내가 어떤 여행을 원하는지 알 수 있을 거 같았다. 사람들로 북적이는 관광지에는 흥미를 못 느꼈지만, 자연을 직접 경험하고 자연에 도전하는 일을 보면 가슴이 뛰었다. 마치 어린아이가 된 거 같았고, 그런 장면을 잔뜩 느꼈으면 좋겠다고 생각했다. 그러면 현실에 대한 불만으로 가난해진 내 마음에 감탄과 기쁨을 가득 충천할 수 있을 거 같았다. 그리고 그렇게 풍성해진 마음으로 인생을 다시 시작한다면 잘 살아 낼 수 있겠다는 생각이 들었다.

계절은 겨울에서 봄이 되었고, 한낮의 볕에서 온기가 충분히 느껴졌다. 이제 슬슬 떠날 때가 다가왔다. 그사이 나는 '미소를 찾아 떠나는 여행' 계획을 완성했다. 마음을 따르자 여행 계획은 순조로웠다. 총 16개국 40여 개 도시를 여행지 목록에 넣었다. 지구를 한 바퀴 하고도 반을 더 도는 거리였다.

이번 여행의 주된 목적은, 오랫동안 잊고 있었던 자연스러운 미소를 되찾는 것으로 정했다. 그리고 여행을 크게 두 가지로 구분했다. 미소를 경험하는 여행과 미소를 만나는 여행. 미소를 경험하는 여행은 보자마자 '우아아와' 하는 감탄사가 절로 나오는 자연을 찾아가는 모험이다. 수많은 여행지 중 나를 가장 설레게 한 20여 곳을 선택했다. 그리고 한 곳이라도 제대로 경험하기 위해 일정과 비용을 여유롭게 잡았다. 다음으로, 미소를 만나는 여행은 행복한 사람들을 적극적으로 찾아 나서는 도전이다. 이름만 거창하지 방법은 의외로 간단한데, 행복지수가 높은 나라에 가서 많은 사람과 놀아보는 것이다. 행복

한 웃음을 짓는 사람들과 적극적으로 대화하다 보면 그들이 그렇게 웃을 수 있는 이유를 알 수 있을 거 같았다. 그리고 나 역시 그들과 함께 웃을 수 있도록 여행 국가와 일정을 계획했다. 이렇게 계획을 세우고 나서야, 나는 다른 이의 여행에 신경 쓰지 않을 수 있었다.

비로소 나는 내 여행의 주인이 될 수 있었다. 그래서 "세계 일주라면 적어도 1년은 갔다 와야지!", "적어도 어디 어디는 다녀와야 하는 거 아니야?"라는 말들은 더 이상 내게 영향을 미치지 못했다.

지금의 내가 원하는 여행은 무엇인가?
내가 원하는 것인데도
남의 것을 묻는 것마냥 어려웠다.

외톨이처럼 숨어 있는 나를 찾아야 했고
나에게 같이 놀자고 해야 했다.
그런데 나는 얼마나 혼자 오래 있었던지
말을 걸어도 대답이 없고
워낙 작은 소리로 말해서 알아듣기도 힘들었다.

그래도 계속 다독이며 물었더니

그동안 잊고 있던 내가 조용히 말을 시작했다.

용기 낸 그 목소리는

참으로 반갑고

슬프도록 안쓰러웠다.

그렇게 자꾸 말을 걸고 끝까지 들으려고 애쓰니

마음도 나도 조금씩 통하기 시작했다.

그리고 나와 힘을 합쳐 계획을 세우고 나니

스스로 선택한 일에 힘이 붙었다.

자유롭고 당당한 기분이 들었다.

그래서 이제 시작될 여행과 그 이후의 삶도

이 친구와 같이 해야겠다고 생각했다.

지금까지는 혼자였지만

이제 나와 함께하니

마음이 한결 든든했다.

내가 정한
여행의 시작

어느 순간부터 '시간은 반드시 지나간다'는 것이 내 삶에 큰 위안이 되었다. 아무리 힘든 날도, 하품이 계속 날 정도로 지겨운 날에도, 여지없이 하루가 흘러갔다. 현실을 버티듯 살아가는 지금은, 꼬박꼬박 시간이 지나간다는 것만으로도 감사할 따름이다. 그리고 이 당연한 사실만으로도 살아내는 게 한결 수월해졌다. 이번에도 예외 없이 시간이 흘렀고, 한국을 떠날 날이 다가왔다.

　나는 파키스탄으로 향하는 비행기를 예매하고, 막바지 준비를 서둘렀다. 근무 여건상 휴일을 사용하기 어려웠던 터라, 해결하지 못한 일들이 꽤 남아 있었다. 여권 유효 기간이 얼마 남지 않아서 재발급을 받아야 했다. 그리고 사전 비자(입국 허가 증명서)가 필요한 나라들의 대사관에도 다녀왔고, 국제 현금 카드도 만들었다. 무엇보다 중요한 예방 접종도 하고 왔다. 오른팔에 세 방, 왼팔에 두 방을 맞았더니, 오지에 혼자 떨어져도 살아남을 수 있을 거 같았다.

출발 전 보름은 그야말로 시간이 훅훅 날아갔다. 그 와중에 미리 가입해 둔 여행자 보험이 취소돼서 더 정신이 없었다. 수소문을 해서 겨우 다른 보험에 가입할 수 있었다. 어찌어찌 준비해 가는 사이에, 벌써 내일로 출발일이 다가왔다.

새벽 5시, 전화벨이 울렸다. 가장 친한 친구 상현이었다.

지금 출발하면 6시에는 도착할 거야.

— 응. 조심히 와.

전화를 끊고 마음이 더 다급해졌다. 이제 출발까지 딱 1시간 남았는데, 아직 가방을 다 싸지 못하고 있었다. 전날 갑자기 생긴 일을 해결하고 돌아오니, 이미 늦은 저녁이었다. 그래서 밤새 한숨도 안 자고 짐을 챙겨, 겨우 가져갈 짐들을 거실에 늘어놓을 수 있었다. 거실은 그야말로 개판 5분 전이었다. 며칠 사이에 폭풍처럼 배달된 택배들이 여기저기에 널려 있고, 각종 장비는 문어발처럼 어지럽게 충전되고 있었다. 최소로 챙긴다고 했는데도 계절별 옷가지와 세면용품, 캠핑 장비, 드론을 비롯한 촬영 장비, 여행을 기록할 노트북, 신발, 구급약 등 대략 50여 종은 되는 거 같았다. 6개월에서 1년을 계획한 여행이다 보니 생각보다 짐이 많았다. 상현이가 도착하기 10분 전에야 짐 정리를 마칠 수 있었다.

심란하게 나뒹구는 쓰레기들은 형한테 맡기고 부랴부랴 집을 나섰다. 세계 일주를 떠나는 친구를 배웅해 주고 싶다는 상현이는, 정확하게 6시에 도착했다. 문을 열고 나오는 나에게, 친구는 "떠날 준비 잘 했어?"라며 다정하게 물었다. 나는 내 몸만큼이나 큰 가방을 손으로 가리키며, 씨익 하고 웃어 보였다.

여행은 출발부터 일상을 벗어났고, 내 삶을 특별하게 만들기 시작했다. 평일이라 출근을 해야 하는 상현이가 새벽부터 멀리서 나를 위해 달려와 주었다. 행여나 내가 비행기를 놓칠까, 친구 역시 잠을 제대로 자지 못했을 것이다. 공항까지 편하게 갈 수 있다는 사실보다도, 내게 이런 멋진 친구가 있다는 것이 감사했다. 게다가 상현이는 나를 위해 준비했다면서, 여행자 전용 플레이리스트를 틀어 주었다. 김동률의 〈출발〉로 시작해서 이적의 〈하늘을 달리다〉, 그리고 콜드플레이(Coldplay)의 〈Viva la viva〉가 흘러나왔다. '내가 살다 보니 이런 호사를 다

누려 보는구나.' 이른 시간이라 도로는 뻥 뚫려 있었고 거기에 친구의 응원이 담긴 노래까지 있으니, 이미 여행은 시작된 거나 다름없었다.

한참을 달리다 어느덧 영종대교에 들어섰다. 차창 밖으로 휙휙 지나가는 교각 사이로, 흰푸른 바다가 담겨 있었다. 아침 햇살을 받아 투명하게 반짝이는 모습에 잠시 빠져 있는데, 상현이가 말을 걸어왔다. "여러 나라를 다녀 봤지만 인천국제공항만 한 곳이 없는 거 같아. 시설 좋지, 편리하지." 나는 상현이 말에 맞장구치며 "맞아. 라운지도 잘 되어 있다고 하던데. 인천국제공항에서 출발했으면 좀 들렀다 갈 텐데." 그 말을 들은 친구는 어이없다는 듯이 "너 어디 다른 데서 출발하는 것처럼 말하냐?"고 물었다. 나는 별 생각 없이 "응. 나 김포공항에서 출발하는데"라고 답했다. 상현이는 장난치지 말라며 웃어넘겼고, 나는 이 녀석이 왜 이러나 싶어서 다시 말해 주었다.

— 나 김포공항에서 출발해.

뭐…, 뭐…, 뭐라고?

친구는 그제야 놀란 듯 말을 더듬더니 "인천공항이 아니었던 거야?"라고 되물었다. 그러고 보니 나도 친구도, 어느 공항으로 가냐고 말하지도 묻지도 않았었다. "그런 건 진작 말해야지!"

그러게 왜 우리는 서로 같은 공항에 간다고 생각했을까? 그렇게 서로가 서로한테 놀라고 있을 때, 마지막 유턴까지 800미터 남았다는 표지판이 보였다. 정말 다행스럽게도 친구는 그 기회를 놓치지 않았고, 나는 공항에 제때 도착할 수 있었다. 공항 입구에서 짐을 내려 주는 친구에게 "나 때문에 회사 늦는 거 아냐?"라고 묻자, 상현이는 괜찮다고 호탕하게 웃어넘겼다. 자식, 멋진 척하기는. 분명 나만큼이나 가슴 졸였을 텐데. 고마운 친구와 작별 인사를 하고, 티켓을 발권하러 갔다.

창구 앞에서 여권과 신분증을 제시하고 대기하는데, 직원이 잠시 기다리라고 했다. 툭, 툭, 툭툭툭…. 무슨 문제가 있는 걸까? 창구 테이블을 검지로 두드리며 긴장되는 마음을 달래보려 애썼다. 잠시 후 돌아온 직원은 귀국하는 항공권을 발급하지 않아서 확인이 필요했다고 말했다. 그리고 같은 이유로 파키스탄에 도착하면 입국이 거절될 수도 있다고 했다. 자세한 이유는 말해 주지 않았지만, 이해할 수 있을 거 같았다. 머물고 싶은 만큼 머물고 떠나고 싶을 때 떠나는 여행자가 얼마나 되겠는가? 게다가 짐도 산더미 같으니 의심해 볼 만했다. 입국이 불확실한 티켓을 받고 나니, 이번에는 배터리가 문제였다. 허용량을 초과하지는 않았지만 문제가 될 수도 있다고 했다. 물론 여행을 하면 다양한 일이 벌어질 거라고 생각했지만, 출발 전부터 이렇게 많은 일이 생길 줄은 몰랐다. 그런데 어쩌랴. 이젠 돌릴 수도 없으니 무조건 Go 해야지.

　드디어 미뤄둔 첫 비행이 시작되었다. 그리고 4시간 정도를 날아서, 경유지인 베이징 공항에 도착했다. 이곳에서 3시간 정도 대기해야 했다. 세계 일주가 시작된 지 몇 시간도 안 됐는데, 나는 벌써 많이, 몹시, 굉장히 지쳐 있었다. 어젯밤에 짐을 꾸리느라 한숨도 못 잤고, 아침부터 여러 일이 벌어진 탓에 여행의 설렘을 느낄 기력도 없었다. 인터넷이라도 할 요량으로 공항 와이파이를 찾아봤는데…, 망할! 한국을 벗어나니 인터넷 사용하는 거조차 간단하지가 않았다. 잠을 자면 못 일어날까 봐서 졸다 걷다, 졸다 걷다를 반복하다가 파키스탄 비행기에 올라탔다.

　10시간이 넘는 이동 시간 동안 정말 할 게 없었다. 그래서 기내식을 아주 천천히 먹어보기로 했다. 손가락 두 마디도 안 되는 새우를 100번 넘게 씹고, 채소도 인간 녹즙기가 된 것처럼 오래 오물오물 씹어 봤지만, 식사를 마치는 데 채 30분이 걸리지 않았다. 영화도 몇 편 봤지만 시간은 더디게만 흘렀다.

　그렇게 더 없이 지루한 시간을 보내다 습관처럼 창밖을 내다보았다. 그런데 그 순간 전혀 생각지도 못한 세상이 구름 아래 펼쳐져 있었다. 몸을 완전히 틀어서 얼굴을 작고 동그란 창에 밀착시켰다. 그곳에는 각지게 솟아오른 검회색 산들이 공룡의 등지느러미처럼 날카롭고 담대하게 이어져 있었다. 영화에서나 보던 세상이 내 발아래에 있었다. 나는 목이 빠져라 내다보고 또 보았다. 그렇게 새로운 세계에 감탄하고 있는데, 귀가 멍해지기 시작했다. 그리고 비행기는 고도를 낮추더니, 이내 퉁 하고 활주로에 내려앉았다.

문밖으로 새로운 세상의 바람이 가득 불어 왔다. 이슬라마바드 공항은 오래되어 보이진 않았지만, 온통 짙은 갈색과 회색으로 덮여 있었다. 그리고 곳곳에 로켓포와 같은 군사 장비가 보였다. 게다가 총을 멘 군인들이 경비를 서고 있어서 절로 긴장이 됐다. 어디를 둘러봐도 여행자처럼 보이는 사람은 없었고, 한국인은 더더욱 찾아볼 수 없었다.

입국 심사대 앞에서 내 차례를 기다리는데 별의별 걱정이 다 됐다. 왜 귀국하는 티켓을 안 끊었냐고 하면, 뭐라고 대답하지? 왜 그렇게 전자 장비가 많으냐고 물으면? 그건 또 어떻게 답하지? 드디어 입국 심사 직원과 눈이 마주쳤고, 떨리는 마음으로 여권을 건넸다.

무표정한 여직원은 손으로 모자를 벗으라는 제스처를 취했다. 그리고 여권과 나를 빠르게 번갈아 보더니, 안으로 들어가라는 손짓을 했다. 고민이 무색할 정도로 내게 별 관심이 없었다. 그리고 내 여권에 파란 도장을 쾅 하고 찍어 주었다. 어쨌든! 첫 여행지 파키스탄에 무사 입성이다.

공항 밖은 이미 어두워져서 나는 택시를 타고 숙소로 이동했다. 10분이나 지났을까? 나는 파키스탄 도로를 보며 놀람을 넘어, 경악을 금치 못했다. 오토바이와 차들이 차선을 무시하고 갈지자로 '자유롭게' 달리고 있었다. 그 수준이 액션 영화 저리 가라 할 수준이라서 사고가 안 나는 게 더 신기했다. 게다가 오토바이들은 애벌레 마디가 연결된 것처럼 서너 명 이상 정원을 초과해서 달리고 있었다. 맙소사! 씽씽 달리는 도로 위에서 얘기를 나누며 평행하게 달리는 게 아닌가. 무슨 동네 마실 나와서 걷는 것도 아니고. 우리나라였으면 다 면허 정지였다. 내가 탄 택시도 30분을 서커스 같이 달려서, 놀란 나를 숙소에 데려다주었다.

제일 먼저 갑갑했던 신발부터 벗어던졌다. 무거운 가방도 얼른 내려놓고, 에어컨을 켰다. 그리고 땀과 먼지 범벅인 옷을 훌렁 벗고, 샤워실로 향했다. 쏟아지는 물줄기로 피곤을 씻어내고, 침대에 털썩 쓰러졌다. 시원한 바람이 도는 방 안에 누워 있으니. 이제야 긴장이 풀리는 거 같았다.

오늘 하루를 돌아보니, 잠시 이게 무슨 짓인가 싶었다. 집에 있었으면 이 고생을 안 했을 텐데. 아마 지금쯤 예능 프로그램을 보면서 맥주 한 캔 하고 있었을 것이다. 그런데 그런 생각을 하는 순간, 하늘 위에서 내려다보았던 감탄스러운 광경이 떠올랐다. 길지 않은 시간이었지만 그 모습은 나를 충분히 설레게 했다. 그리고 내가 다른 세상에 와 있음을 강하게 느끼게 해 주었다.

피곤은 했지만 이 정도면 꽤 괜찮은 시작이었다. 벌써 재미난 얘깃거리가 한가득이었다. 친구의 배웅부터 시작해서 내가 진짜로 파키스탄에 있다는 사실까지. 여행이 이제 시작인데, 앞으로는 또 얼마나 멋지고 즐거운 일들이 펼쳐질까? 그렇게 생각하니 앞으로의 여행이 더 기대되기 시작했다. 그리고 언제 힘들었냐는 듯이 씨익 미소가 지어졌다.

더 이상 미루면 포기할 것 같아서

2

남이 아닌,
내가 하고 싶은 것

기쁨의 눈물이
흐르는 순간

내가 이름도 생소한 파키스탄에 온 이유는 단 하나였다. 세계 여행자들의 성지라는 훈자 마을에 가는 것! 지금이 그렇게 바라던 그곳으로 떠날 시간이었다.

한눈에 봐도 오래되고 지저분한 45인승 버스 앞에는, 이미 많은 승객이 대기하고 있었다. 거북이 등딱지 같이 커다란 가방을 어디다 실어야 하나? 버스 아래를 살펴봤는데, 짐을 싣는 공간이 없었다. 그럼 어디다 싣… 헉! 의아해하던 중에 놀라운 광경을 목격하고 말았다. 버스 옆에 달린 작은 계단을 이용해 승객들이 직접 짐을 메고 올라가고 있는 게 아닌가. 혹시나 싶어 버스 기사님께 물어보니, 웃으며 친절히 위에 가져다 놓으면 된다고 일러 주신다. 외국인이라고 예외는 없었다. 난 가뜩이나 짐도 많은데…. 어쩔 수 있나, 로마에 가면 로마법을 따라야지. 나는 큰 가방은 메고 작은 가방은 오른쪽 어깨에 걸치고 아슬아슬하게 계단을 올랐다. 생전 처음 올라가 본 대형 버스 지붕에다 가방을 잘 고정하고 내려와 버스에 올라탔다.

33A 창가 자리, 누가 돌을 던진 건가? 아니면 낙석에 맞았던지. 창 중간 정도에 금이 길게 이어져 있었고 가지 치듯 여러 실금이 나 있었다. 그래도 창가 자리인 게 어디냐 싶어 기쁜 마음으로 앉았다. 그리고 자세를 조절하려고 하는데 의자가 덜렁덜렁거려 고정이 되질 않는다. 게다가 고장 난 레버를 당기다 본 바닥은 내 눈을 의심케 했다. 이곳은 출발 전에 청소 같은 건 안 하는가 보다. 모래사장처럼 흙이 덮여 있고 그 어디에도 깨끗함이라고는 찾아볼 수가 없었다. 그리고 에어컨을 틀어 놓지 않아서 땀이 나다 못해 흐르는 수준이었다. 앞으로 이 버스를 타고 24시간 이상 달려야 한다니. 출발 전부터 고생길이 훤했다.

하나둘 빈 좌석이 들어차고, 출발 시간을 30분 정도 넘기고서야 버스는 출발했다. 버스 안은 땀 냄새와 향신료 향이 섞여 묘한 냄새를 풍겼다. 그러나 나 역시도 이미 그 냄새에 일조했

더 이상 미루면 포기할 것 같아서

기 때문에 불평할 입장은 못 되었다. 의자는 약 100도 정도 뒤로 기울어져 있었는데 조금 편하게 기대려고 하면 턱 하고 뒤로 넘어가 버려서 자세 잡는 게 여간 신경 쓰이는 게 아니었다.

그런데 이 모든 것보다 더욱 나를 긴장하게 했던 건 버스 기사님의 엄청난 운전 실력이었다. 도심을 벗어나면서 도로는 2차선으로 좁아졌는데 기사님은 앞차가 조금만 느리다 싶으면 반대편 차선을 넘어 추월했다. 그리고 중간중간 절벽 같은 곳에서도, 망설임 없이 가속 페달을 밟으며 역주행 추월을 감행했다. 마치 놀이기구를 타듯 차체가 크게 흔들렸고, 반대편 차와 마주 보고 달리는 상황이 자주 벌어졌다. 겁먹은 차가 속도를 서서히 줄였는데 우리 버스는 거의 지는 법이 없었다. 참 신기하게도 어느 쪽도 그런 상황에 대해 불평하거나 욕하는 사람이 없었다. 요동치는 버스 안의 사람들은 너무 평안해 보였고, 파키스탄에서는 그렇게 달리는 것이 오히려 정상인 것처럼 보였다.

버스는 2시간에 한 번 정도 검문을 위해 멈춰 섰는데. 그 순간의 주인공은 항상 나였다. 버스에 탑승한 군인은 나를 보면 따라오라는 손짓을 했고, 나는 얌전히 검문소로 향했다. 그러곤 여행 목적이 무엇인지, 어디로 가는지 등 간단한 질문에 답하고, 미리 준비해 간 여권과 비자 복사본을 제출했다. 사전에 조사할 때 총 열한 번의 검문이 있을 거라고 했는데, 지금 기억으로 열 번 정도 검문을 받고 총 20장의 서류를 제출한 거 같다.

출발하고 6시간 정도 지나 밤이 되자 승객들도 하나둘 잠들기 시작했다. 기사님도 보조 기사님과 교대를 하고 운전선 옆에 붙어 있는 침대에 누워 잠을 청했다. 비포장도로를 달리며 차가 크게 흔들렸지만 나 역시도 슬슬 잠이 오기 시작했다.

잠깐 기분 좋게 잠들었다고 생각한 순간 '픽' 하는 소리와 함께 왼쪽 뺨이 부어올랐다. '아… 엄청 아프네. 뭐지?' 하고 고개를 돌린 순간 나를 친 것의 정체를 알 수 있었다. 그것은 바로 짐을 싣는 선반이었다. 내가 앉은 좌석은 맨 뒤에서 바로 앞 칸이었는데, 앞의 좌석들보다 살짝 올라와 있었다. 그런데 그 높이가 애매해서 차가 왼쪽으로 돌거나 버스가 통통 튀면 딱 맞기 좋았다. 너무 아파서 안 자려고 노력했지만 어찌나 피곤한지 나도 모르게 잠들었고, 난 계속 두들겨 맞았다. 몇 번은 너무 세게 부딪혀서 화가 날 정도였는데, 그 상태에서도 잠이 오는 내 자신이 신기해서 헛웃음이 다 나왔다.

그러거나 말거나 버스는 밤새 쉬지 않고 달렸고 어김없이 네모난 창으로 아침이 들어왔다. 나는 환해진 볕에 눈을 잠깐 찡그린 후에 찬찬히 버스 안을 둘러봤다. 신기하게도 버스를 가득 채운 사람들 중 누구 하나 짜증내는 사람이 없었다. 심지어 아버지 품에 안긴 갓난아이도 몇 번 울지도 않고 이 긴 여행을 잘 버티고 있었다. 내 앞자리에 타고 있던 아민은 앞 좌석 아이와 눈이 마주칠 때마다 귀여워 죽겠다는 표정으로 장난을 걸었다. 그러면 그때마다 머리 한 올 없는, 동글동글 예쁜 두상의 아이는 입을 벌려 배시시 웃어 주었다.

식사 때 잠시 식당에 들른 것 말고는 버스는 계속 달렸고 풍경도 끊임없이 바뀌었다. 한 20시간 정도 지났을 때쯤인가? 나는 정신이 번쩍 들었다. 책과 영상에서 봤던, 가 보기를 꿈꾸었던 그 장면이 조금씩 다가오고 있었다. 버스 바로 옆으로는 아차 하면 굴러떨어질 것 같은 낭떠러지가 있었고 그 밑으로 현실의 색 같지 않은 에메랄드 빛 급류가 하얀 거품을 내며 휘몰아치고 있었다. 금이 간 창문 너머로는 웅장하다는 말로는 부족한, 옅고 짙은 회색의 산맥이 끝을 모르고 춤을 추고 있었다. 고개를 살짝 올려 바라본 설산 위의 하늘은 서울의 그것과는 비교될 수 없을 정도로 높고 푸르렀다. 나는 크게 침을 꿀꺽 삼키고 오른손을 가슴에 얹었다. 내 눈앞에 스스로 선택한 광경이 펼쳐지고 있다는 사실이 믿기지 않아서 가슴이 쿵쾅거렸다.
나는 이 순간에 더 집중하고 싶어서 신발을 벗어 무릎을 가슴으로 끌어당겼다. 그리고 이어폰을 꺼내 귀에 꽂았다. 적당한 그루브의 음악이 흘러나왔고 그 순간 묘하게도 기분 좋은

더 이상 미루면 포기할 것 같아서

눈물이 흘러내렸다. 나는 눈을 질끈 감고 입술을 깨물었다. 흐르는 눈물이 전혀 부끄럽지 않고 오히려 너무 좋아서 눈물을 멈추고 싶지 않았다. 오히려 더욱더 벅차오르게 두어서 이 순간을 절대 잊고 싶지 않았다.

생각해 보면 지금까지 진정으로 내가 원하는 것을 해본 적이 없었다. 물론 가지고 싶었던 외제 차를 타기도 했고 가끔 여행을 다니기도 했지만, 인생의 방향을 결정짓는 그 중요한 순간들에 답은 항상 누군가에 의해 정해져 있었다. 나는 왜 해야 하는지도 모르면서 정답이라고 말하는 곳으로 열심히 달려갔다. 편입을 해서 원하는 대학에 갔고, 비정규직에서 정규직이 되었으니 그들의 말처럼 행복해야 했는데, 이상하게 매번 아프고 힘들었다. 나는 꼭 바다에 떨어진 육지 거북이 같았다. 수영을 할 줄 모르는데 열심히 헤엄치려고 애썼고, 열심히 할수록 허우적거리며 물속으로 가라앉았다.

그런데 지금은 쉽게 이해받기 힘든 여행 속에서 절정의 행복감을 느끼고 있었다. 24시간이 넘게 직각인 자세로 몸은 갑갑하고 잠도 제대로 자지 못해 정신이 몽롱한데도 너무나 행복해서 행복하다는 말이 부족할 지경이었다. 마음이 이끄는 대로 내가 진짜로 원하는 것을 하면 힘들고 지쳐도 행복할 수 있음을 처음 경험했고 그 자유로운 행복감에 몇 번이나 눈물 흘

더 이상 미루면 포기할 것 같아서

릴 수밖에 없었다. 이런 경험이 처음이라 잘은 모르겠지만, 행복에 대한 작은 힌트를 얻은 거 같았다. 나는 지금을 잊지 않기 위해 폰에 간단하게 메모를 했다.

내가 경험한 행복에 대한 힌트
1. 내가 하고 싶은 것을 스스로 결정해야 하는구나
2. 진짜 원하는 것이라면 힘들어도 견뎌 낼 만하구나
3. 그리고 그것을 해내면 기쁨은 단순한 성취를 넘어서는구나

어설프게나마 적어 놓고 나니 순탄치 않았던 여행 준비 과정과 앞으로 겪게 될 어려운 순간들이 한결 가볍게 느껴졌다. 그렇게 잊을 수 없는 행복한 기억을 안겨 준 버스는 24시간 30분 만에 훈자 마을에 도착했고, 이렇게 나의 여행은 첫 모험부터 내 인생을 강하게 뒤흔들어 놓고 있었다.

자연스러운
나의 미소

'이런 세상도 존재하는구나.' 실제로 와서 보고 있는데도 너무 동화 같아서 잘 믿기지 않았다. 가림이 없이 뻥 뚫린 하늘, 높다는 말로는 부족한 거대한 산들. 좁은 비포장도로 양옆으로 아기자기하고 예쁜 상점들이 줄을 지어 위를 향하고 있었다. 그리고 흙과 목재로 지어진 낮은 건물들은 깃털처럼 얇고 가느다란 나무 그늘 아래 잘도 숨어 있었다. 게다가 눈을 조금만 멀리하면 각지게 솟은 설산이 가득했는데, 바로 앞에는 알록달록 동화 같은 마을이라니! 반전도 이런 반전이 없었다. 나는 며칠간 잘 먹고 잘 쉬면서 이곳의 아름다움에 감탄하며 시간을 보냈다.

더 이상 미루면 포기할 것 같아서

한껏 기운을 충전한 나는 마을 구석구석을 다니며 재밋거리를 찾기 시작했다. 훈자 마을에서는 어디가 맛집인지, 어딜 가 봐야 하는지, 마치 어린이 탐정이 된 것처럼 묻고 다녔다. 마을 사람들은 공통적으로 두 가지를 추천했다. 하나는 마을에서 가까운 레이디 핑거라는 뷰포인트에서 훈자 전경을 감상하는 것. 두 번째는 파키스탄의 실크로드라 불리는, 카람코란 하이웨이를 타고 떠나는 지프 투어였다.

나는 우선 당장 할 수 있는 것부터 해 보자는 생각에 레이디 핑거까지 가는 길을 물어보았다. 단골 식당에서 만난 흰 수염 할아버지는 자기 걸음으로 3시간이면 족하다고 했다. 그리고 그 옆에 있던 분들도 그 정도는 식은 죽 먹기라며 거들었다. '별거 아니구나.' 혼자 가 볼 생각으로 길을 묻자, 가는 길이 쉽다는 분들이 그건 또 말렸다. 혼자 가면 길을 잃을 수 있으니 꼭 가이드와 함께 가라며 몇 번이고 신신당부했다. 이름도 여성스럽고 오르기도 쉽다는 산을 왜 저리 말리시는 걸까? 잘 이해가 되진 않았지만 그럴 만한 이유가 있겠지 싶어서 그들의 조언을 따르기로 했다. 숙소에 가다 들른 상점에서 가이드를 구한다고 했는데, 계산해 주던 쉘 아마드가 가이드를 자청했다. 이게 무슨 상황인가 싶었지만, 따로 가이드란 게 없고 저렴하게 해 준다는 말에 바로 그와 다음 날 아침 6시로 약속을 잡았다.

설레는 날은 왜 일찍 깨는 걸까? 준비를 다 하고 나왔는데도 20분이나 일찍 도착했다. 주변을 둘러보며 기다리고 있으니, 곧 면바지에 셔츠 차림의 셀 아마드가 나타났다. 나는 그의 가게에 들러 간식을 구입한 후, 같이 골목을 따라 올라가기 시작했다.

집들 사이로 난 좁은 길을 지나다 보니, 금세 산으로 향하는 입구가 나타났다. 초입은 동네 뒷산 마냥 힘들 게 없었는데, 10분 정도 지나자 완전히 다른 산이 나타났다. 갑자기 가파른 오르막이 펼쳐졌고, 나는 뭔가 잘못됐음을 온몸으로 느꼈다.

초반 한 시간 정도는 사진도 찍고 대화도 주고받았지만, 그 이후로는 올라가는 것에만 집중해야 했다. 경사가 못해도 30도는 넘었는데 주위를 아무리 둘러봐도 길이랄 게 없었다. 발을 디디면 작은 돌들이 주르륵 미끄러져 내렸다. 가뜩이나 오르는 것도 힘든데, 넘어지지 않게 균형을 잡느라 추가로 힘을 써야 했다.

그가 초입에서 내게 했던 말이 생각났다. 올라오는 두 가지 길이 있는데 왼편은 편한 길이지만 경치가 아쉽고, 지금 내가 오르는 이 길은 조금 어렵지만 경치가 끝내준다고 했다. 그러면서 여행자 대부분이 왼쪽 길을 선택한다고 해서, 나는 고민 없이 오른쪽을 선택했다. 어려워 봤자 얼마나 어려울까 싶었고, 셀 아마드가 회사 출근하는 복장으로 나와서 안심하기도

했다. 그런데 이건 조금이 아니잖아. 왜 그런 헷갈리는 복장으로 나온 거야? 그리고 왜 한 번 더 생각해 보라고 말해 주지 않았니?

　어느 순간부터 딱 100발자국씩 세며 오르고 있었다. 100발자국을 다 채우면 또 100번을 더 채웠다. 나는 죽겠는데, 나보다 키 작고 배 나온 그는 성큼성큼 잘도 올라갔다. 그는 저만치 앞에 있고 산은 아득했지만, 달리 방법이 없었다. 그래도 분명히 언젠가는 목적지에 도착하겠지 싶어서 끝까지 가 보기로 했다.

　친절한 그가 조금씩 앞서가다가 더 이상 안 되겠다 싶으면 쉴 곳을 찾아 기다려 주었다. 그리고 자신의 배낭에서 간식을 꺼내 힘을 보태 주었다. 그가 내가 안쓰러워 보였는지 가방을 대신 들어 주겠다고 했다. 나는 웃음을 짜내 보이며, 그에게 괜찮다고 말했다. 아직 끄떡없으니 걱정 말라고. 말은 안 하지만 그도 힘들 텐데, 그에게 내 짐마저 지우고 싶지는 않았다.

　이럴 때일수록 웃어야 힘이 날 거 같아서 크게 투덜대기 시작했다. 망할 할아버지, 무슨 3시간 만에 갈 수 있다고. 뻥 치시네. 그리고 전망대 이름이 엉망진창이야. '레이디 핑거'라고 하면 다들 쉬운 산이라고 착각하잖아. 이름을 바꿔야 해. 죽음의 언덕이라든지, 해적 두목의 잃어버린 손가락이라든지.

　　　　　더 이상 미루면 포기할 것 같아서

나만 트레킹인 줄 알았던 산행은 점심이 다 되어서야 절반의 여정이 끝날 기미가 보였다. 그리고 목적지를 얼마 안 남겨 두고서야, 이 야속한 산은 훈자 마을이 가진 아름다움을 보여 주기 시작했다. 구름을 걸친 수십 수백의 거친 봉우리들이 바로 내 눈앞에 있었다. 아름다움을 구경하는 것이 아니라 그 안에 내가 들어와 있어서 압도적인 스케일을 온전히 느낄 수가 있었다.

5분여를 더 오르자 정상이 보이기 시작했다. 잔디가 깔린 언덕 너머로 하늘만이 걸려 있어서 마치 천국을 오르는 거 같았다. 주위에 있는 거라곤 하늘과 잔디, 그리고 그 사이에 나 있는 작은 길뿐이었다. 언덕을 지나 하늘바다 위에 서자, 그가 내가 이곳에 온 첫 번째 한국인이라고 말해 줬다.

감탄하는 마음을 많이 잃어버린 내게도 이곳은 환상적이었다. 훈자의 모든 곳이 보였다. 오른편에는 여성이 주먹을 쥔 채 약지를 펴고 있는 모습의 레이디 핑거 봉우리가 보였고, 바로 정면에는 빙하가 하얗게 언 채로 흐르고 있었다. 왼편에는 아기자기한 훈자 마을과 그 밑으로 에메랄드 빛 강이 굽이치며 돌아나가고 있었다. 사방이 투명한 하늘 아래 모두 다르게 조화를 이루고 있었다.

나는 구름보다 높은 곳에
자리를 잡고 앉아
잠시 눈을 감고
이 순간에 귀를 기울였다.

지금 내가 느끼는 아름다움과
여행에 대한 고마운 마음은
눈으로 담기에는
너무나도 역부족이었다.

바람 부는 소리만이
저 밑에서 들려왔고
시원한 바람이 기분 좋게
고단한 땀을 식혀 주었다.

그리고 나는 정말 오래간만에
자연스러운 미소를 짓고 있었다.
억지스러운 노력을 들이지 않고
앞뒤 관계를 헤아리지 않고도
이 순간에 오롯이 집중한
그런 미소를 즐기고 있었다.

그리고 어쩌면
가능할지도 모르겠다고 생각했다.
이런 여행을 계속한다면
정말로 잘 웃는 사람이
될 수 있을지도 모르겠다고.

마음이
원하는 것

'홀로 떠나온 여행은 참 좋은 거구나.' 특히 남의 말을 듣는데
익숙한 나에게는 더욱 그랬다. 이래라저래라 하는 사람도 없
고, 아는 사람이 없으니 눈치 볼 필요도 없었다. 게다가 지금
나의 주 업은 즐겁고 재미난 일들만 찾아서 하는 여행이라서,
좋아하면 하고 싫으면 하지 않았다. 이런 생활의 반복은 내가
누구인지 아는 데 정말 많은 도움이 됐다. 그리고 그런 연습을
하는 데 파키스탄은 더없이 좋은 세상이었다. 아름답고 신기
한 경험을 쉼 없이 하게 되는 마법 같은 모험지여서, 속성 과외
를 받듯 그 속에서 내가 원하는 것을 찾아 나갔다. 그중에서도
지프를 타고 여행했던 하루는 내가 누구인지 알게 되는 계기를

더 이상 미루면 포기할 것 같아서

마련해 주었다.

트레킹과 달리 투어를 신청하는 것은 생각보다 쉽지 않았다. 내가 방문한 시기에는 관광객이 거의 없어서, 무작정 기다리거나 혼자 비싼 지프를 빌려야 할 상황이었다. 당장 마땅한 방법이 없던 나는 숙소로 돌아왔다. 그리고 방법을 찾을 때까지 내가 할 수 있는 일을 하기로 했다.

나는 스케이트보드를 타고 세계를 달리고 싶었다. 그리고 대자연을 달리는 모습을 영상으로 담고 싶었다. 그래서 여행 준비 막바지에 스케이트보드와 드론을 구입했다. 워낙 부피가 있는 것들이라 가방에도 안 들어가서 꾸역꾸역 묶고 매달아 오느라 고생도 했다. 그런데 이걸 재미있다고 해야 할지 좀 어이가 없다고 해야 할지 모르겠지만, 나는 그 둘 다 모두 처음이었다. 그런데 별걱정은 하지 않았다. 뭐 내가 인공위성을 만들겠다는 것도 아니고 스케이트보드와 드론 정도는 연습하면 어떻게든 되지 싶었기 때문이었다. 오히려 나만의 영상을 만들 생각에 설레기까지 했다.

투어를 어떻게 할지 고민하는 동안 바로 연습에 들어갔다. 숙소 옥상에서 스케이트보드에 한 발을 올려놓고 보드를 천천히 굴려 봤다. 조금 가는가 싶더니, 금세 중심을 잃고 넘어질 뻔했다. 그렇게 낑낑대며 연습하고 있는데 동네 꼬마들이 하나둘 모여들기 시작했다. 처음 보는 외국인이 우스꽝스럽게 타고 넘어지는 모습이 재밌게 보였나 보다. 나를 보고 낄낄거리는 아이들이 신경 쓰여서 좀처럼 연습이 되질 않았다. 에라, 모르겠다. "너희들도 같이 타자." 나는 아이들을 보드 위에 태우고 신나게 썰매를 태워 주었다. 그리고 드론은 주변 사람들에게 피해를 줄까 봐 마을 가장 높은 곳으로 올라가서 연습했다. 그렇게 며칠을 연습하니, 둘 다 어느 정도 타고 조작할 수 있게 되었다.

정말 최소한의 준비를 마친 나는, 단독 지프 투어를 신청했다. 물론 다른 여행자들과의 투어도 즐겁겠지만, 이번 투어는 나만의 방식으로 제대로 놀고 싶었다. 여행사 직원은 가는 길이 멀다며 일찍 출발하는 것을 추천했고, 우리는 새벽에 만나기로 했다. 행여나 늦을까 일찍 잠든 나는 딱 제시간에 맞춰 약속 장소로 나갔다. 그곳에는 오늘 함께할 술탄과 그의 빨간 지프가 나를 기다리고 있었다.

두둥 두두둥. 낭만적인 빨간 지프에 시동이 걸렸다. 우리는 뒤늦게 합류한 쉘딘과 함께, 카람코람 하이웨이로 출발했다. 가슴까지 오는 수염을 기른 술탄은 지프를 운전했고, 마른 체형에 쾌활한 쉘딘은 농담을 던져가며 안내해 줬다. 우리는 중국 국경까지 갔다가 돌아오면서 다양한 관광지를 둘러보았다.

"잠깐만! 바로 여기야!" 나는 쉘딘에게 다급하게 말했다. 이번 투어에서 꼭 하고 싶은 게 있었는데, 그건 바로 장엄한 도로 위에서 스케이트보드를 타는 것이었다. 그래서 투어를 하는 내내 어디가 좋을지 눈여겨보고 있었다. 그런데 파수 초입에서 내가 딱 원하는 곳을 발견했다. 여행 계획을 세울 때 나를 설레게 했던 그 도로가 실제로 이곳에 있었다. 그리고 사진에서 본 것처럼 웅장한 산맥 사이에 얇은 깃털 모양의 나무들이 물결치며 날리고 있었다. 게다가 차도 거의 다니지 않았고, 도로는 달리기에 더없이 평평했다.

우선 지프를 도로 옆에 주차하고 나는 꿈을 이룰 준비를 했다. 가방에서 드론을 꺼내 조립하고 스케이트보드는 도로 위에 올려놓았다. 후~ 후우~ 떨리는 가슴을 진정시키기 위해 크게 심호흡을 했다. 그리고 오른발로 땅을 구른 후, 천천히 그 발 또한 보드 위에 올려놓았다. 즈으응-- 보드가 아스팔트 위를 잘 미끄러지는가 싶더니 몸이 휘청했다. 내 마음은 이 도로를 질주하고도 남는데 실력이 너무 역부족이었다. 그래도 꿈꾸던 곳을 발견했는데 여기서 멈출 수는 없었다.

더 연습하기 위해 보드를 들고 출발 장소로 돌아왔는데 쉘딘이 "잘 타는 거 아니었어?"라고 놀라듯 물었다. "히히, 잘 못타. 그런데 이곳에서 꼭 타 보고 싶었거든. 다른 데 안 가도 괜찮으니까 여기서 놀다 가도 괜찮지?" 그들이야 거절할 이유가

없었고 충분히 기다려 주겠다고 했다. 그렇게 나는 지금 순간을 즐기기 위해 노력했고 조금씩 도로에 적응할 수 있었다.

웬만큼 달릴 수 있게 되자 준비했던 드론을 하늘로 날려 보냈다. 그리고 나를 따라오도록 설정하고 다시 한번 도로를 내달렸다. 즈으응- 즈으응- 바퀴와 도로의 마찰음이 제법 길게 이어졌고 내 몸 주위로 훈자의 바람이 스쳐 지나갔다. 나는 연이어 다리를 굴렸고 제법 멀리까지 나아갔다. 정작 내 속도는 너무 느렸지만 내가 원했던 꿈을 이루고 있는 중이었다.

정말로 이상한 일이었다.
뭔가를 이루어도
항상 내가 창피했는데,
그래서 두더지마냥
사람들을 피해 숨었는데,
내 마음이 원하는 것을 하니
창피함을 잊어버린 거 같았다.
누가 시킨 것도 아닌데
사서 고생을 하고 있었고
결과를 생각하지 않았다.
지금 이 순간을 즐기는 것이
내겐 가장 중요한 결과였다.

더 이상 미루면 포기할 것 같아서

아마도 내가 진짜로 원하는 것은

더 좋은 것도

더 나은 것도

더 무엇도 아니고

그저 '나'다운 것이었을지도 모르겠다.

누가 내 행복을
훔쳐 갔을까

나는 상당히 긍정적이고 어디서나 잘 적응하는 편이라고 생각했다. 그런데 그 생각은 여행하며 저절로 수정될 수밖에 없었다. 파키스탄에서 인도로 넘어가는 여정 동안 나는 불평 덩어리였다. 그리고 그렇게 아름다웠던 파키스탄을 너무도 미워하고 있었다. 파키스탄의 아름다운 모습은 어디까지나 내가 잘 알고 통제 가능한, 내 좁은 세상에서만 유효했다.

실컷 놀았으니 슬슬 다른 나라로 가 볼까? 나는 편한 차림으로 숙소를 나와 지나가는 오토바이를 잡았다. 그리고 이름 모를 청년의 허리춤을 잡고, 깎아지른 듯한 절벽 위 도로를 달려 내려갔다. 머리카락과 옷가지가 시원하게 펄럭였고, 난 아찔함에 눈을 질끈 감았다. 그렇게 10분 정도 지났을까? 처음 내렸던 버스 터미널이 보였다. 나는 바이크 청년에게 감사 인사를 하고, 다시 돌아가는 표를 구입했다. 그리고 마지막일지도 모를, 이곳의 경치와 사람들을 눈과 마음에 담으며 보냈다.

그렇게 마지막까지 잘 쉬고, 떠날 짐을 꾸리는데…. 이런! 검문소에 제출할 여권 사본 한 장이 부족했다. 아니…, 어디로 갔지? 꾸렸던 짐을 다 헤집어 봤지만 보이질 않았다. 이미 상점들도 다 문을 닫아서 복사할 수도 없는데. 그리고 내일 아침 일찍 출발이라 난감했다. 나오질 않는데 어쩌랴. 다른 방법을 찾아봐야지. 겨우 한 장 없는 거고, USB에 사본도 챙겨 왔으니, 어떻게든 되지 싶었다.

다음 날 터미널에 일찍 도착한 나는 사무실로 찾아갔다. 그리고 사무를 보는 직원에게 내 사정을 얘기했다. 그런데 그는 내게 눈길도 주지 않고, "텐! 텐!"이라고 윽박질렀다. 그러더니 한 장이라도 부족하면 절대 버스에 탈 수 없다고 쏘아붙였다. 아무리 사본을 가지고 있다고 해도 그는 들은 체도 하지 않았다. 그의 태도에 할 말을 잃은 그때 버스 기장이 이쪽으로 다가왔다. 그리고 잔뜩 열난 직원에게 다가가 좋은 말로 설득하는 거 같았다. 그의 말이 효과가 있었는지 씩씩거리던 직원이 조금씩 풀리기 시작했고, 나는 간신히 탑승 허가를 받을 수 있었다.

다행이라며 한숨 돌리고 있는데, 버스 기장이 내 어깨를 툭 쳤다. 그러고는 그 잘생긴 외모에 어울리지 않게, 우스꽝스러운 목소리로 "파키스탄 이즈 파키스탄"이라며 씨익 웃었다. 엥. 도대체 무슨 뜻일까? 영문 모를 말에 의아해하고 있는데, 그는 사무실에 들어가 장총을 메고 나왔다. 그리고 다시 차분한 목소리로 손님들에게 버스 출발을 알렸다. 밖에 있던 사람들도 나도 서둘러 버스에 탑승했다.

혼자로 올 때만큼이나 돌아가는 길도 아름답고 신비했지만 난 정신적·체력적으로 많이 지쳐 있었다. 움직일 때마다 문제가 생기는데, 누가 대신 해결해 주는 것도 아니고 그 과정이 짧은 시간에 반복되니 그럴 만도 했다. 게다가 홀로 여행하는 나를 신기해하는 시선도 부담스럽고, 똑같이 반복되는 대화도 지겨웠다. 에너지를 채울 시간이 필요했다. 그래서 정차하면 사람들을 피해 혼자 걸었다. 그리고 나와 눈이 마주칠 때마다 "파키스탄 이즈 파키스탄"이라고 말하는 기장의 말을 건성으로 따라 했다. 그러면서 어서 이곳을 벗어나길 바랄 뿐이었다. 게다가 여권 복사본 한 장 없다고 그렇게 구박을 받았는데, 오는 길에 단 한 차례의 검문도 없었다. 나는 어이가 없어서 웃음이 날 지경이었다. 이럴 거면서 그렇게 "텐! 텐!"이라고 외쳤던 건

가! 한번 마음이 돌아서니, 그렇게 좋았던 파키스탄이 점점 미워졌다.

이슬라마바드는 나를 더 힘들게 했다. 떠나오기 전 만큼이나 더웠고, 숙소 잡는 것도 쉽지 않았다. 안전상의 이유로 몇 번을 퇴짜 맞고서야 겨우 짐을 풀 수 있었다. 그날 밤 나는 얼마나 파키스탄을 떠나고 싶었던지, 밤잠을 줄여 가며 항공편을 알아봤다. 교통편이 많지 않아서 애를 먹었지만, 드디어 인도로 넘어가는 날이 되었다.

라호르 공항까지는 택시로 30분 거리였고, 이제야 숨을 돌리는구나 싶었다. 그러나 검문소 앞에서 나의 바람은 또다시 깨졌다. 검문 중이던 군인은 내 여권 오른쪽을 가리켰다. 'Not valid restricted/prohibited areas.' 그의 말에 따르면 비자 옆에 파랗게 찍힌 도장 때문이라고 했다. '제한·금지된 구역에는 유효하지 않음.' 따라서 군부대를 통과해 갈 수 없다는 것이었다. 이 비자를 가지고 많은 검문소를 통과했다고 말해도 그는 단호했다. "아…, 어쩌지? 혹시 군부대를 돌아서 가는 방법은 없나요?" 혹시나 싶어서 물었는데, 공항은 군부대 구역 내에 있고 돌아가는 방법은 없다고 했다. 미리 도착해서 쉬려고 했는데, 휴식은커녕 잘못하면 비행기를 놓칠 지경이었다. 환불도 환불이지만, 인도로 가는 비행기는 적어도 일주일 넘게 기다려야 해서 방법을 찾아야 했다.

기사님은 좌회전 깜빡이를 켜면서 내게 말했다. 방법이 아예 없는 건 아니라고. 공항에 아는 분이 있는데, 그분에게 말하면 통과할 수 있을 거라고 했다. 그런데 비용을 드려야 하니, 생각해 보고 말해달라고 했다. 운이라면 기막힌 운이었고, 사기라면 정말 절묘한 사기였다. 이곳에서 일주일을 더 있어야 한다고? 나는 차라리 사기라도 그걸 선택하기로 했다. 기사님은 차를 갓길에 세우더니 전화를 걸었다. 그러고는 나를 자신의 비즈니스 파트너라고 소개하고, 통과를 부탁했다. 한참 동안 통화가 이어진 후에 그에게 문자 한 통이 왔다. 그리고 다시 검문소로 향했는데 노란 바리케이드가 열리기 시작했다. 결국 일곱 배나 비싼 요금을 내고, 30분 거리를 3시간 만에 공항에 올 수 있었다.

나는 여행을 떠나면 고생은 하겠지만, 신나는 일이 더 많을 거라고 생각했다. 왜냐하면 돈과 시간도 있고 누구의 명령을 들을 필요도 없으니까. 그래서 지상 낙원이라는 훈자에 도착하면 마냥 행복한 날들이 기다리고 있을 줄 알았다. 그러나 나는 미처 알지 못했다. 세상은 나를 위한 유토피아가 아니라는 것을. "파키스탄 이즈 파키스탄"이라던 기장의 말처럼 여행은 여행이었고 훈자 역시 그저 훈자일 뿐이었다. 여행이라고 공으로 아름다움과 즐거움을 보여 주지 않았다. 그것을 느끼기 위한 과정과 노력이 필요했다. 내가 알아보고 땀 흘린 후에야 온몸으로 아름다움과 즐거움을 만끽할 수 있었다.

훈자 역시도 그저 또 다른 현실 세계일 뿐이었다. 아름다운 것은 사실이었지만 그것이 오히려 불편함이 되기도 했다. 잦은 정전, 깨끗하지 않은 수도 시설, 너무나 불편한 교통 등등. 그리고 지상낙원이라던 훈자 사람들이 모두 친절한 것도 아니었다. 이런 것들은 내가 어떻게 할 수 있는 것들이 아니었고, 그것들이 나를 위해 맞춰야 할 이유도 없었다.

꿈꾸던 여행이니까 모든 것이 나를 위해 맞춰 돌아갈 것이라고 착각을 했다. 여행에서 만나는 세상은 나를 위한 유토피아일 거라고 기대했으니 불만이 늘 수밖에 없었다. 당장 나는 한국에서 누렸던 것과 비교하며 불평하기 시작했다. 그리고 그렇게 생긴 안 좋은 감정은 나를 지배하고 행복을 생산할 에너지를 빼앗아 갔다. 그래서 여행을 위한 넘치는 시간과 여유로운 돈을 가지고도, 제일 행복한 사람은 고사하고 때때로 가장 불행한 사람처럼 짜증을 냈다. 어쩌면 한국에서는 나의 행복을 위해 애써 주는 사람들이 있어서, 그리고 이런 불편종합세트를 받을 기회가 적어서 몰랐는지도 모르겠다.

세상이 나의 행복을 위해 존재하는 게 아니라는 생각이 들었다.

내 삶에 있어서 행복은 기본 값이 아니었고

나는 그저 좋은 순간들을 늘려 나갈 수 있을 뿐인 것 같았다.

그렇게 생각하면 아름다운 혼자 마을이 불편함 천지인 것
도, 내가 원하는 것을 모르는 것도, 좋아하는 것이 없는 것도
억울해할 일은 아니었다. 애초에 세상은 그렇게 생긴 듯했고,
그게 나의 잘못은 아니었다. 그래서 어쩔 수 없는 일로 다른 사
람들과 비교하며 나를 불행하게 만들지 말아야겠다고 생각했
다. 내 마음의 에너지를 아껴서 즐거운 방향으로 기분을 전환
하는 게 훨씬 낫겠다 싶었다.

그래서 나는 인도에 도착하면 다른 여행을 시도해 보기로
했다. 나의 행복을 강요하는 여행이 아닌, 머무는 곳을 받아들
이는 여행을 하기로, 한 템포만 느리게, 그리고 두 팔 정도 여
유롭게 여행하기로. 그렇게 인도와 함께하면 조금 더 많이 웃
는 여행이 되지 않을까 싶었다.

3

온전한 나로서

살아가는 방법

노력하라는
그 잔인한 말

인도에 도착한 나는 아이스 아메리카노가 너무나 마시고 싶었다. 파키스탄에 있는 동안 그토록 느끼고 싶었던, 시원한 청량감과 머리를 쩡하게 해 주는 카페인이 절실했다. 그래서 짐을 풀고 바로 숙소를 나섰다.

교통편을 알아보기 위해 큰길로 나가는데, 말끔하게 차려입은 현지인이 말을 걸어왔다. "친구, 모자가 멋진데!"라는 말과 함께 엄지를 치켜세웠다. 그러곤 어디 가냐고 물었다. '언제 봤다고 친구일까?' 난 그를 경계하며 코넛 플레이스에 간다고 대답했다. 그는 잘 됐다며 자기 친구 툭툭(몸통은 녹색이고 덮개는 노랑인 작고 귀여운 삼륜차)을 타고 가라고 했다. 그리고 손가락 두 개를 들어 보이며 단돈 200루피면 된다고 했다. 아직 이곳의 시세를 모르는 터라 그에게 괜찮다고 말하고 돌아서는데, 다른 툭툭이 지나갔다. 그쪽으로 다가가 가격을 물으니, 좀 더 저렴해서 그의 툭툭에 올라탔다.

막 출발하려고 하는데 뒤에서 괴성이 들려왔다. 소리 나는 쪽을 돌아보니 처음 내게 말을 건 멀끔한 사람이 이쪽으로 달려오고 있었다. 그리고 어느새인가 다가와서 툭툭 귀퉁이를 잡고 출발을 막았다. 그는 내 앞에 있는 기사님을 향해 빽빽거리며 소리를 지르기 시작했다. 그러곤 점점 더 앞으로 다가가더니 왼손으로 기사님의 멱살을 잡고 오른손을 머리 위로 높이 쳐들었다. 금방이라도 한 대 칠 것 같은 기세였다.

저러다 말겠지 싶었다. 아무리 성질머리가 고약한 사람이라고 해도 내 앞의 기사님이 무슨 잘못이란 말인가? 나는 분명하게 거절을 하지 않았는가? 그리고 내 앞의 기사님은 고객을 빼앗기 위해 내게 다가오지도 않았다. 여기엔 어떤 모호함도 없었다. 난 좀 더 나은 조건을 선택한 것뿐이었다. 그러니 내 앞 기사님은 이런 대우를 당할 하등의 이유가 없었다.

이 상황이 빨리 끝나길 바라던 그 순간, '퍽' 하는 소리와 함께 기사님의 얼굴이 왼쪽으로 크게 돌아갔다. 그는 정말로 손을 날렸고, 그러고도 분을 못 이겨 소리를 질러댔다. 내 앞 기

사님은 너무나 아팠던지 '끄응' 소리를 냈고, 이젠 맞붙어서 소리를 지르고 있었다. 난 너무 놀랐지만 지켜보고 있을 수만은 없어서 기사님에게 얼른 이곳을 벗어나자고 했다. 엑셀을 밟아 속력을 낸 후에야 듣기 싫은 목소리가 사라졌다. 그러나 기사님은 아픔이 가시지 않는지, 목적지로 가는 내내 오른쪽 뺨을 어루만졌다. 나는 그의 왼쪽 어깨를 토닥이면서, 저 사람 진짜 나쁜 사람이라고 말했다. 그리고 나 때문에 이런 일을 겪게 돼서 미안하다고 몇 번이고 사과했다.

기사님과 열심히 그 사람을 욕하다 보니 금세 코넛 플레이스에 도착했다. 이곳은 뉴델리의 심장으로 불리는 곳이었다. 온통 하얀 현대식 건물들이 원형 광장을 삥 둘러싸고 있었다. 그 안에는 명동처럼 다양한 상점들이 들어서 빼곡했고, 그토록 찾던 카페는 바로 오른편에 있었다. 익숙한 문을 열고 들어가니, 잠시 잊고 지내던 쌉싸름하고 고소한 원두 향이 풍겼다. 정갈하고 깨끗한 인테리어와 높은 천장이 마음을 편안하게 했고, 조용한 음악도 흐르고 있었다. 이게 뭐라고 어찌나 반가운지, 나는 가장 큰 사이즈를 주문하고 2층 창가 옆에 자리를 잡았다.

음료를 기다리는 동안 잠시 주위를 둘러보았다. 한국에서도 고가인 노트북으로 작업을 하는 젊은 남성과 잘 차려입고 데이

더 이상 미루면 포기할 것 같아서

트를 즐기는 남녀, 그리고 나와 같은 여행자들이 있었다. 아래 층의 점원들은 깔끔하게 유니폼을 차려입고 있었고, 은색 광이 나는 커피 머신은 쉴 새 없이 다양한 음료를 만들어 내고 있었다. 반면 매장 크기만큼이나 큰 창 밖으로는 이곳의 여유와는 다른 모습들이 보였다. 건물 그늘 아래 펼쳐진 좌판에서는 다양한 물건들이 진열되어 있었고 우리네 시장처럼 사람들이 값을 흥정하고 있었다.

그렇게 한창 구경에 빠져 있을 때 옅은 진동이 느껴졌다. 나는 설레는 마음으로 방금 내린 아메리카노를 받아 자리로 돌아왔다. 그 잠깐 사이에 큰 잔에 물방울이 가득 맺혀 흐르고 있었다. 나는 손끝부터 시원한 아메리카노를 입에 갖다 대었다. 그리고 마치 수혈받는 것처럼 카페인을 흡수했다. 카페인이 삽시간에 온몸으로 퍼져나가는 거 같았다. 갑자기 차가운 음료가 들어와서 머리가 띵 했지만 그마저도 좋았다. 이 시원함으로 여행의 고단함이 다 씻기는 것만 같았다.

오랜만의 호사로운 여유를 즐기고 밖으로 나왔는데, 아직도 햇살이 따가운 오후였다. 그래서 그런지 그늘이 없는 거리에는 오가는 사람이 거의 없었다. 개들도 볕으로부터 숨어 헥헥거리며 엎드려 있었다. 숙소로 바로 가자니 들어가서 할 게 없을 거 같고, 이곳에 언제 또 와볼까 싶어서 조금 더 둘러보기로 했다.

그늘을 따라 안쪽으로 무작정 걷기 시작했다. 원형 광장 중심부를 향해 가다 보니, 흰 돌담이 길게 이어진 곳이 눈에 들어왔다. 그 하얀 벽은 뜨거운 햇살을 그대로 받아 환하게 빛날 지경이었다. 그런데 보기만 해도 뜨거운 그 벽 아래에, 뼈만 남은 듯 앙상한 젊은이가 있었다. 쓰러진 것도 아닌, 제대로 앉아 있지도 않은 상태로 죽은 듯 살아 있었다. 걸친 거라고는 중요한 부위를 살짝 가린 누더기 같은 천이 다였다. 그 청년의 왼편으로 1미터도 안 되는 거리에 뜨거운 볕을 피할 그늘이 있었다. 그런데도 그는 타 버린 나무처럼 검게 그을린 채 뿌리박힌 듯 멈춰 있었다.

지나가는 그 누구라도 그 광경을 볼 수 있었지만, 그 누구도 이 상황을 이해하지 못하는 듯했다. 거실에 늘 걸려 있는 액자처럼 아무도 그에게 특별한 관심을 보이지 않았다. 얼마나 따가울까? 얼마나 숨이 막힐까? 얼마나 지쳤길래 한 걸음이면 되는 저 그늘로 가지 못하는 걸까? 화면 속이 아닌 현실에서 한 줌의 희망도 없는 절망을 본 나는, 그 자리에서 그대로 얼어 버렸다. 너무 아파 보여서 그를 제대로 보지도 못하고, 심지어 도움을 줄 생각도 하지 못했다. 그저 당황스러웠다. 그리고 조용히 그 자리를 도망쳐 버렸다.

나는 현실에 만족하지 못해 한국을 도망쳐 왔지만 한편으로는 내가 거둔 몇몇 성공을 자랑스러워했다. 그리고 지금의 이 여행 또한 어쨌든 내 노력으로 얻은 성과라고 생각했다. 그렇기에 간혹 내 말에 귀를 기울여 주는 사람이 있으면 노력하라고 쉽게 다그쳤다. 세계 일주를 떠나기 위해 첫 퇴사를 할 때도 그랬다. 여행을 부러워하면서도 떠나지 못하는 사람들을 보면 답답했다. 그래서 왜 노력하지 않느냐고 물었다. 거기에 그들이 지금은 그럴 상황이 아니라고 대답하면, 난 속으로 결론을 내 버렸다. 그건 당신의 노력이 부족해서 그런 것일 뿐, 나 역시 상황이 다른 건 아니라고. 그러나 여행을 포기하고 있던 동안 내 생각이 얼마나 무서운 것인지 조금은 알게 되었다.

현실이 어려워지고 몸이 망가지니, 꿈이 중요한 게 아니었다. 당장 현실이 우선이었다. 그때 처음으로 꿈을 꾸는 것이 어려운 삶이 있을지도 모르겠다고 생각했다. 그런데 오늘 이천 원이 안 되는 돈에 뺨을 맞는 기사님을 보면서, 그리고 그 짧은 거리도 옮길 힘이 없던 청년을 보면서, 꿈을 꾸는 것 자체가 사치인 삶이 있다는 것을 생생하게 보게 되었다.

내 자신이 너무 부끄러웠다. 세상과 사람을 보는 시야가 너무 좁았고 내 생각이 옳다고만 생각했었다. 그래서 의도치 않게 큰 실수를 저지른 거 같았다. 부모가 다 만들어 준 것에 약간의 노력을 더한 성공을, 모두 내가 이룬 것처럼 생각했다. 그리고 그런 착각으로, 소중한 사람들에게 함부로 노력하라고 다

그쳤었다. 다 저마다의 상황과 사정이 있기 마련인데 나는 그들이 노력하지 않는다고 너무 쉽게 판결을 내려 버렸다. 만약 반대로 내가 그들과 같았다면? 단돈 몇천 원에 먹살을 잡혀야 하고, 1미터도 움직일 힘이 남아 있지 않았다면? 이렇게 세계를 여행하는 호사를 누릴 수는 없었을 것이다. 그래서 '노력'을 남발하는 실수를 되풀이하지 않도록 스스로 이 말을 새겼다.

한번 생각해 보라고.
이 세상 그 누가 불행하고 싶겠느냐고.

한번 생각해 보라고.
이 세상 그 누가 노력하고 싶지 않겠느냐고.

자꾸 노력하라고 하는데,
그 노력이라는 것은
말하면 뚝 떨어지는
그런 쉬운 것이더냐고.

그것 역시도
그런 힘을 일으킬 만한
동기나 배움이 있어야 하는 것 아니냐고.

더 이상 미루면 포기할 것 같아서

지금의 그는
지금까지의 최선의 결과이고,
부족해 보여도
그 자체로 존중받아야 하는 사람이라고.

그러니 함부로
누군가에게 노력하라고 말하지 말라고.

더 이상 미루면 포기할 것 같아서

나만의 취향,
그 어려운 선택

내게 여러 여행지 중 어느 곳이 가장 좋았냐고 물어본다면? 정말 대답하기 쉽지 않을 거 같다. 나라마다 내게 준 행복이 달랐고 그 경험은 비교할 수 없을 정도로 그 색과 향이 달랐다. 그러나 어느 나라의 경험이 여행 이후의 인생에 도움이 되었냐고 묻는다면, 나는 주저 없이 인도라고 대답할 것이다. 다시 또 가겠냐고 물으면 못 들은 척할지도 모르겠지만, 분명 인도는 내게 많은 것을 선물해 주었다. 특히 타지마할이 있는 아그라에서의 경험은 내가 나로서 살아갈 용기를 심어 준 중요한 전환점이 되었다.

타지마할이 있는 아그라 역에 도착한 나는 자연스레 툭툭 무리로 다가갔다. 그리고 그중 인상 좋은 기사님께 목적지를 말씀드리고 바로 출발했다. 주차장을 빠져나와 도로에 들어서자마자 검은 근육질의 버펄로 무리가 보였다. 한 덩치 하는 버펄로들이 엉덩이를 씰룩거리며 역주행하는 모습은 진귀한 광경이었다.

넋 놓고 버펄로들을 바라보고 있는데, 기사님이 몸통을 젖히며 뜬금없이 수첩을 건네줬다. 그리고 자신을 비크람이라고 소개하더니 가는 동안 읽어보라고 했다. 수첩에 뭔가 빽빽하게 적혀 있었지만, 나는 새로 접하는 풍경에 더 관심이 갔다. 그래서 몇 장 넘기다 말고 밖을 보는데, 그가 헛기침을 하며 무언의 신호를 보내왔다. 어쩌랴, 저렇게까지 하는데. 경치는 차차 보기로 하고, 한번 제대로 봐 볼까? 손바닥만 한 수첩에는 각국의 언어가 가득 적혀 있었는데, 대부분 기사님에 대한 칭찬이었다. 그를 만나서 아그라가 자신들에게 특별한 곳이 되었다고 쓰여 있었다. 그다음 장을 넘겨 보면 또 다른 칭찬이…. 그렇게 기사님에 대한 감사 인사가 수첩에 가득했다.

신선한 충격이었다. 그동안 손님을 끌려는 과도한 경쟁과 거짓말에 지쳐 있었다. 그래서 나도 모르게 좋지 않은 감정을 가지고, 의심부터 하기도 했었다. 그런데 이렇게 긍정적인 방법을 찾아낼 수 있다니. 그리고 수첩을 빼곡하게 채울 때까지 걸렸을 시간과 노력을 생각하니 존경스럽기까지 했다.

더 이상 미루면 포기할 것 같아서

비크람은 나에게 아그라 투어를 제안했고, 타지마할을 보는 것 외에는 별다른 계획이 없던 나는 흔쾌히 그의 제안을 수락했다. 많은 사람이 좋다고 하는 데는 다 이유가 있을 테니까. 숙소에서 한숨을 돌린 후, 점심 즈음 그와 다시 만났다. 비크람은 나에게 첫 번째로 베이비 타지마할을 소개했다. 설레는 마음으로 그곳에 들어가려고 하는데, 관계자가 삼각대는 가지고 들어갈 수 없다고 제지했다. 잘못 들은 건가 싶어서, 그에게 다시 물어봤다. 그는 유적지에서는 라이터와 성냥은 물론, 삼각대도 휴대가 불가하다고 말했다. 절대 "노(No)"라는데, 어쩔 수 있나. 나는 삼각대를 툭툭에 두고 오기 위해서 밖으로 나갔다. 저 멀리 매표소 옆에서 비크람은 땀을 뻘뻘 흘리며 나를 기다리고 있었다. 나는 그가 이렇게 힘들게 기다리고 있을 줄 몰랐기에, 얼른 보고 나오겠다고 말했다. 그런데 비크람은 자신은 괜찮으니 천천히 보고 오라고 했다.

맥이 탁 빠졌다. 새로운 여행지와 인사를 나누기도 전에, 내가 할 수 있는 것들을 제한당한 느낌이었다. 삼각대 반입 금지뿐만 아니라 비크람 역시 내게 그랬다. 땡볕에서 무작정 기다리고 있을 그가 생각나서 마음이 조급해졌다. 나는 파키스탄의 경험을 통해 내가 어떤 여행을 좋아하는지 알고 있었다. 나는 자유로운 상황을 좋아했고, 하나를 보더라도 제대로 보고 싶었다. 그러기 위해서는 시간을 마음껏 투자해야 했다. 그런데 이건 내 마음과 딱 정반대의 투어였다. 이미 마음이 식어 버린 상태라, 그렇게 아름답다던 베이비 타지마할이 눈에 들어오질 않았다. 대리석에 새겨진 조각이 예술이라는데, 얼른 이 더운 곳을 벗어나고만 싶었다. 마치 여행을 위해 음악을 열심히 선곡했는데, 이어폰을 집에 놓고 온 느낌이랄까? 다음 장소도, 그다음 장소도 마찬가지 이유로 즐길 수가 없었다.

나는 결단을 내리기로 했다. "비크람, 피로가 쌓였는지 몸이 너무 안 좋네. 투어는 여기까지만 했으면 좋겠어. 비용은 그대로 지불할게." 그는 당황하며 무슨 문제가 있냐고 물었다. "문제가 있긴, 일찍 들어가서 쉬고 싶어서 그래." 나는 그의 수첩에 첫 한글로 짤막한 감사의 인사를 적었다. 그가 잘못한 건 없었다. 오히려 여행자들은 그의 투어를 충분히 좋아했을 거 같았다. 저렴한 비용으로 여러 관광지를 편하게 둘러볼 수 있으니까. 그리고 그는 고객이 아무리 오래 걸린다고 해도 끝까지 기다리며 웃어 줄 사람이었다. 다만 내가 원하는 여행이 아니었을 뿐이었다. 난 그와의 짧은 투어를 마치고, 내일의 타지마할을 위해 일찍 잠자리에 들었다.

타지마할 바로 앞에 숙소를 잡은 나는 루프탑으로 올라갔다. 가벼운 아침을 주문하고 눈앞에 선명한 타지마할을 찬찬히 바라봤다. 주변은 온통 붉은 흙빛을 띠며, 조금씩 색이 바래고

낡은 느낌이었다. 그런데 하얀 대리석으로 지어진 타지마할은 마치 어제 지어진 것처럼 깨끗하기만 했다. 그래서 이곳과 영 어울리지 않게 아름다워 보였다.

정기 휴무 다음 날이라서 그런지, 매표소는 아침부터 붐비고 있었고 정문에서 묘까지 이어진 분수 정원에도 사람들이 가득했다. 식사를 마칠 때까지 그곳을 계속 보았지만 타지마할의 아름다움을 도통 느낄 수가 없었다. 여기까지 와서 이러면 안 되는데, 이상하게 저곳에 들어가고 싶지 않았다. 여행 전 조사하며 알게 되었던, 세계 7대 불가사의의 아름다운 건물이라는 것, 그리고 사람들이 살면서 꼭 봐야 하는 건축물이라는 얘기가 내겐 와닿지 않았다. 지금 느끼는 타지마할은 나를 전혀 설레게 하고 있지 않았다. 오히려 한 사람의 묘를 만들기 위해 수많은 사람의 목숨을 앗아간 얄미운 건물로만 보였다. 그리고 그 안의 바글바글거리는 사람들 속에서 내 마음을 챙길 엄두가 나지 않았다. 나는 타지마할을 잠시 미뤄두기로 했다.

"저, 주변에 다른 볼거리도 있나요?" 혹시나 하는 심정으로 직원에게 물었다. 그는 강 건너편을 가리키며 "반대편에 블랙 타지마할이 있는데, 꽤 볼만해요"라고 추천해 주었다. 블랙 타지마할이라고? 태어나 처음 들어 봤지만 또 다른 타지마할이 있다는 말에 호기심이 발동한 나는 그곳으로 이동했다.

이곳은 타지마할을 건설한 왕이, 자신이 묻힐 검은색 타지마할을 지으려고 했던 곳이라고 했다. 그러나 아들의 반란으로 왕위에서 물러나게 되면서 공사가 완성되지 못했고, 지금은 그 터만 남아 있었다. 비록 지어지진 못했지만, 이곳은 아름다운 공원처럼 조성되어 있었다. 나무 그늘 하나 없는 반대편과 달리 수풀이 우거져 시원했고 다양한 동물이 살고 있었다. 다람쥐가 여기저기 노니는데 사람들을 겁내지 않았고, 생전 처음 본 딱따구리는 내 머리 위에서 집을 만들고 있었다. 그 옆으로는 몸통이 파란, 그야말로 진짜 파랑새가 천천히 다른 나무로 이동하고 있었다. 그리고 조금 더 들어가자 밤색의 건강한 말이 아름답게 서 있었다.

나는 이곳을 한참 동안 떠나질 못했다. 벽돌로 쌓아 올린 낮고 긴 돌담에 앉아 바라보는, 반대편 타지마할은 고요하고 아름다웠다. 그제야 아무 죄 없는 건축물을 편안하게 바라볼 마음이 생겼다. 이곳은 누구의 방해도 받지 않고 타지마할을 바라보기에 좋은 장소였다. 좀 더 화려한 아름다움을 보지 못할지라도, 나에게는 이곳이 맞았다. 내가 원하는 분위기와 안정감 속에서, 그렇게 내 시선으로 아름다움을 느낄 수 있다면 그것으로 충분했다.

그래도 혹시나 싶어서, 나중에 후회할까 봐 나에게 몇 번이고 물어보았다. 인도까지 와서 타지마할에 들어가지 않은 것을

후회 안 할 자신이 있니? 다시 오기 쉽지 않을 텐데? 그러나 내 마음의 대답은 한결같았다. 지금의 나는 그곳을 원하지 않는다고. 그래서 많은 사람이 말하는 정답에서 벗어나 보기로 했다. 그 길을 가는 대신 내 마음을 따를 용기를 내 보기로 했다. 그래서 타지마할 바로 앞에 숙소를 잡았지만, 나는 끝내 타지마할에 들어가지 않았다. 대신 며칠 동안 몇 배는 더 먼 반대편으로 향했다. 그리고 그곳에서 타지마할을 보고 또 바라보았다. 지금의 나는 이런 식의 여행이 더 맞는 사람이었고 이것이 나의 행복이었다. 많은 사람이 꼭 봐야 한다고 했지만 나는 그 속에 속하는 부류는 아니었던 것 같다. 나는 오히려 안 봐서 행복했다. 그리고 내가 원하는 것을 믿어 주는 것이 나의 취향을 만들어 가는 방법이라고 생각했다.

더 이상 미루면 포기할 것 같아서

어떤 향기를 내는 사람이
될 것인가?

여행하는 동안 나는 꼭 길을 잃은 아이 같아서 하루에도 몇 번이나 도움을 받지 않으면 여행을 지속할 수 없을 정도였다. 태어나서 이렇게까지 많은 도움을 받은 건 어릴 때 이후로 처음이지 싶었다. 한국에서는 누군가에게 도움을 요청할 일이 거의 없었고, 혹 모르는 게 있으면 포털에 궁금한 것을 입력하면 바로 답이 나왔다. 그래서 도움을 받을 일도, 줄 일도 별로 없었다. 한편으로는 도움을 받는다는 거 자체가 나를 부족한 사람으로 보이게 할까 봐 걱정되기도 했다. 그래서 애초에 그런 일 자체를 만들려 하지 않기도 했다.

하지만 나만의 여행길에서는 달랐다. 문화가 다른 여러 나라를 거치다 보니 도움을 구할 수밖에 없었다. 여행에서 일어나는 상황들은 상상도 못 해 봤거나 대부분 우리나라와 너무 다른 경우라서, 지식인이 알려 줄 수 없는 것들이었다. 그래서 처음 보는 사람들에게 많은 도움을 요청하고 받았다. 그러다 보니 도움에도 여러 가지 종류가 있다는 걸 경험으로 알게 됐다.

내 옆 침대에는 인도 친구 롬이 배가 아파서 어제부터 누워 있었다. 나는 그가 깰까 봐 조용히 짐을 정리하고 있었는데, 사부작거리는 소리가 그의 잠을 방해했나 보다. 그는 천천히 침대에서 나와 매트리스에 걸터앉더니, 허스키한 목소리로 잘 잤냐며 내게 인사를 건넸다. 그리고 아침부터 바지런을 떠는 나에게 어디 가냐고 친근하게 물었다.

─ 이제 아그라로 넘어가려고. 그래서 뉴델리 역에 가서 기차표 좀 끊어 오려고.
요즘 세상이 어떤 세상인데, 기차역에 가냐? 스마트폰으로 예약해 봐. 진짜 편해.
─ 안 되는 거 같던데. 전에 알아보니까 힘들 거 같더라고.
스마트폰 줘 봐. 내가 어플 설치하고 티켓팅 해 줄게.

나 또한 어플을 사용하는 방법을 알아봤는데, 보름 전에 승인을 받아야 한다고 해서 깔끔하게 포기했었다. 그런데 혹시 모르니까, 롬은 다른 방법을 알고 있을지도 몰라서 지켜봤는데 역시나 안 됐다. 그런데 그는 자기가 여행 가는 것도 아닌데 도무지 포기할 생각이 없어 보였다. 미간까지 찌푸려 가면서 열심히 하는데, 더 이상 지켜보기 미안해서 짧은 영어로 설명을 했다. 그런데도 그는 방법이 있을 거라며, 한참을 더 어플과 씨름을 했다. 얼마나 지났을까. 그는 '후~~' 하고 크게 한번 한숨을 내쉬더니 옷을 주섬주섬 챙겨 입었다. 그러곤 나에게 표를 사러 가자고 했다.

— 롬, 너 속 안 좋잖아. 나 혼자 갔다 올게.
인도에서 기차표 구하는 거 쉽지 않아. 특히 외국인한테는. 얼른 갔다 오자.

그 복잡한 뉴델리 역에서 롬은 내가 타야 할 열차 번호를 검색해 주고, 서류를 작성하는 것까지 도와주었다. 정말 그가 없었으면 큰일 날 뻔했다. 역 직원과 내가 쓰는 영어는 분명 같은 걸 텐데 전혀 의사소통이 되지 않았으니까. 나는 너무 고마워서 차라도 대접하겠다 했지만 그는 한사코 괜찮다며 웃어 보였다. 그리고 역시나 속이 좋지 않았는지 한숨 더 자겠다며 일찍 자리에 누웠다. 나는 그런 롬이 너무 고마워서 돌아오는 길에 바나나를 한 다발 사서 고맙다는 쪽지와 함께 그의 침대에 올려 두었다. 한참을 자고 일어난 롬은 바나나 두 개만 끊어서 가져가더니, 자기는 괜찮다며 다시 내게 주었다.

롬 덕분에 편하게 아그라에 도착한 나는 기분 좋게 저녁 산책을 했다. 그런데 뒤에서 어디 가느냐는 낯선 이의 목소리가 들렸다. 툭툭을 운전하는, 대학생 정도로 보이는 남자 둘이었는데 간단한 대꾸에도 나를 졸졸 따라왔다.

아…, 느낌 안 좋은데…. "혼자 맥주나 한잔하고 자야겠어. 다음에 보자" 나는 그들을 떼어 놓을 생각으로 한 말이었는데 그들은 그 말을 또 이어받았다. 맥주를 사려면 시내까지 가야 하는데 자신들이 그냥 태워 주겠다고. 세상에 공짜가 어디 있어? 더욱 믿음이 안 가서 발걸음을 빨리했는데, 그중 한 명이 나에게 웃으며 말을 건넸다. 네가 기쁘면 나도 좋다고, 그러니 정말 돈을 받지 않겠다고. 내가 착각한 건가? 이런 말은 쉽게 할 수 있는 말이 아닌데. 그런데 왜 이렇게 찝찝하지?

그런데 우습게도 말을 꺼내 놓고 보니 정말 맥주가 마시고 싶어져서 툭툭에 올라탔다. 딱 오늘 같은 밤에는 시원한 맥주가 정말 잘 어울릴 거 같았다. 뭐 비용 내라고 하면 내지 뭐. 한 10분쯤 달렸을까? 맥주를 파는 상점이 나왔고 그들은 정말로 비용을 요구하지 않았다.

나는 괜한 의심을 한 것도 같고 고맙기도 해서 며칠간 그들의 툭툭을 이용했다. 그런데 이 형제는 시간이 지날수록 계속 마사지 얘기를 꺼냈다. 아그라는 마사지가 유명하다면서, 받으면 피로가 확 풀릴 거라고. 가격도 저렴하다니 한번 받아 볼까 생각하고 있었는데, 아질이 팁을 주면 더 기분 좋게 해 준다고 은근히 운을 띄운다. 무슨 말인가 싶어 대꾸를 안 하고 있으니까, 아질 형제는 헤헤 웃으면서 여자와 관계를 가질 수 있다며 자기들이 좋은 곳을 소개해 주겠다고 했다. 여행 중에 그런 곳을 소개받다니, 허무하고 어색했다. 나는 원하지 않는다고 얘기하고 재빨리 대화를 다른 주제로 바꿨다.

사진 찍는 걸 도와줄 수 있냐고 물으니 그는 흔쾌히 알았다고 했다. 그러나 그가 찍어 준 사진과 영상에는 초점이 없었고, 눈을 마주칠 때마다 마사지 얘기만 했다. 그 뒤로도 끈질기게 권하는 그들을 뒤로하고 집으로 돌아가는데, 어두워서 안 보였던, 숙소 앞 가게에서 맥주를 팔고 있었다. 건너편까지 가지 않아도 맥주를 구입할 수 있었다. 그제야 그들이 'ATM이 근처에 있으니 항상 돈을 찾아두어야 한다'는 말의 의도를 이해할 수 있었다.

나는 블랙 타지마할에서 바라보는 타지마할의 아름다움에

빠져 있던 터라, 다음 날도 다다음 날도 다른 툭툭을 타고 그곳으로 향했다. 나는 이곳이 타지마할의 아름다움을 나만의 스타일로 담을 수 있는 최적의 장소라고 생각했다. 그리고 이 장면을 잘 담아서 많은 사람과 나누고 싶었다. 그런데 동행도 없고 삼각대도 사용할 수 없어서 시간 날 때마다 그곳에 가서 방법을 찾을 뿐이었다.

그러던 어느날, 저 멀리서 DSLR로 사진을 찍는 일행이 보였다. 저들이다! 나는 고민할 것도 없이 그들에게 다가가 인사를 건넸다. 그리고 이곳의 멋진 풍경을 담는 것을 도와줄 수 있느냐고 물었다. 목 아래까지 내려오는 자연스러운 웨이브 머리에 두터운 쌍꺼풀마저 잘 어울리는 아라준과 딱 봐도 까불까불한 위샬, 당나귀를 닮았다는 그라운까지 모두 기꺼이 돕겠다고 했다. 나는 그들을 미리 봐둔 장소로 안내했고 그들 중 아라준에게 장비를 맡겼다. 카메라는 원래 그의 것인 양 잘 어울렸고 그리고 그의 친구들이 내가 알아들을 수 없는 농담을 할 때도 아라준은 그들을 자제시켰다. 나는 첫눈에도 묵직해 보이는 그가 마음에 들었다.

그는 나를 도울 이유가 전혀 없었는데도 마치 영화감독처럼 카메라의 구도를 바꿔 가며 촬영해 주었다. 그가 어찌나 열정적으로 몰입하던지 나는 부탁하는 입장이라는 것도 잊고 다양한 상황을 요청했는데, 그는 단 한 번도 싫은 내색 없이 처음처

더 이상 미루면 포기할 것 같아서

럼 진지하게 촬영에 임해 주었다. 그리고 더 좋은 구도를 먼저 제시했고 촬영이 끝나면 내게 다가와 사진과 영상을 보여 주며 내 의견에 귀를 기울여 주었다. 어느 순간부터 그가 영상을 엉망으로 촬영했다 해도 상관이 없었을 거라는 생각이 들었다. 그저 그 순간이 따뜻하고 감사했다.

점점 더워지는 열기에 땀을 흘리는 아라준을 보며 촬영을 마치자고 했고, 우리는 블랙 타지마할을 나왔다. 고마워서 뭐라도 대접하려고 했지만 아라준은 한사코 만류했다. 오히려 내가 어떻게 숙소로 돌아갈지 걱정해 주었다. 툭툭을 기다려 보겠다고 하자 여간해서 잡히지 않을 거라면서 괜찮으면 자신의 바이크를 타라고 했다. 미안했지만 별다른 방법이 없었던 나는 뒷자리에 올라탔다. 그의 어깨를 잡았는데 힘든 내색을 전혀 안 하던 아라준의 등이 땀으로 흥건해 있었다.

바이크가 출발하자 하늘색 셔츠 위로 아라준의 긴 머리카락이 흩날리기 시작했다. 시원한 바람을 맞으며 그에게 의지하고 있으니, 나보다 훨씬 동생인 그가 듬직하게 느껴졌다. 그는 30분을 넘게 달려 호텔 바로 앞까지 나를 데려다주었다. 그러곤 만나서 반가웠다는 말만 짧게 전하고 온 길로 되돌아갔다. 마치 바람이 날 데려다주고 떠난 거 같았다.

난 인도에서 한 번 더 바이크를 얻어 타게 되었는데 나에게

도움을 준 이는 무가사와리였다. 보드가야로 가는 기차표를 구하러 역에 들렸던 나는, 모든 좌석이 매진되었다는 말에 버스표를 구하러 가는 중이었다. 조금만 가면 있다는 버스 정류장은 도무지 보이지 않았고 흔치 않은 외국인이 길에서 방황하고 있으니 그의 눈에 띄었던 모양이다.

그는 내 옆으로 천천히 달리며 도움이 필요하냐고 물어 왔다. 자초지종을 설명했더니 그는 나를 태우고 근처 버스 정류장으로 데려다주었다. 그리고 바라나시로 가는 교통편을 친절하게 알아봐 주었다. 너무 감사해서 식사라도 같이 하자고 했더니, 그는 어딘가를 같이 가지 않겠느냐고 물었다. 나는 또 신나는 일이 생기겠구나 하면서 얼른 뒷자리에 올라탔다. 나를 태운 그는 계속 달렸다. 이건 좀 너무 먼데 싶을 정도로 아주 멀리.

도착한 곳은 그의 집이었다. 그는 아내를 뚱뚱하고 게으르다고 소개했고, 나는 그 순간 아차 싶었다. 그는 내가 원하지 않는 과한 친절을 베풀기 시작했고 그게 못마땅한 부인 사이에서 불편한 기류가 감돌았다.

더는 안 되겠다 싶어서 그만 일어서려고 하는데 그가 나를 붙잡았다. 자기 아들을 꼭 보고 가야 한다고. 다행히도 그의 아들은 곧 도착했는데, 이번에는 아들의 영어 실력 자랑이 이어졌다. 내 짧은 영어 실력과 비교해 아들의 월등함을 뽐내고 싶었나 보다. 속으로 '제발 그만!'이라고 외치고 있을 때 그가 마지막 한 방을 날렸다. 자신이 한국에 가게 되면 비행기 티켓 비용을 지불해 달라는 것이었다. 그 정도는 충분히 해 줄 수 있는 거 아니냐는 표정으로. 그리고 자신의 메일 주소를 적어 주면서 숙소에 도착하면 꼭 답장을 보내라고 신신당부를 했다. 그의 표정에서 기분 나쁜 냄새가 나는 거 같았다.

롬과 아라준의 도움은 그다지 말이 없는데도 순간순간마다 '여행하느라 힘들지? 이렇게 하면 어떨까? 내게 더 좋은 방법이 있는데'라고 가슴에 대고 말해 주는 듯했다. 내게 아무것도 요구하지 않는 게 아쉬울 정도였다. 그들이 준 도움은 따스하면서도 가볍고 넘침이 없어서 기억 속에 고마움을 넘어 감동처럼 새겨졌다. 반면 다른 친절들에는 내가 없었다. 겉은 도움의 모습을 하고 있지만 내 마음을 들여다봐 주지 않았고 친절이 더해질수록 불편함이 커져 갔다. 그래서 1초라도 빨리 그 자리를 벗어나고만 싶었다.

이렇게 짧은 시간에 집중적으로 다양한 도움과 마주하니 그 향기를 조금은 구별할 수 있게 되었다. 무엇이 진짜이고 아닌지. 그리고 나한테 묻지 않을 수 없었다. 과연 나는 어떤 향기가 나는 사람일까? 여행을 떠나오기 전, 나는 겉으로는 잘 웃지만 속으로는 불만에 가득 찬 사람이었다. 그래서 물질이든 마

음이든 다른 사람들에게 줄 게 없었다. 주면 받아야 했고 받지 못하면 서운해했다. 그리고 내 목적을 위해 거짓 친절을 베풀기도 했다. 다 알고서 받아준 사람들에게 점점 더 많은 것을 요구하다가 관계가 틀어지기도 했다. 그리고 그것을 부끄러워하기보다 상대가 내가 준 만큼 돌려주지 않는다고 탓하고 먼저 거리를 두었다. 아무리 좋게 포장하려고 해도 나의 향기는 좋지 않은 편에 가까웠다.

그래도 너무 늦지 않게 여행을 떠나와서 다행이었다. 나에 대한 불만도 많이 사라졌고 좋은 사람들의 향기도 잔뜩 맡을 수 있었다. 그랬더니 가난한 마음이 어느새 가득 충전이 되어 있었다. 그래서 이제는 나도 누군가에게 조금은 나눠 줄 수 있을 것만 같았다. 그리고 고마운 그들의 향이 좋아서 나도 따스한 바람 향을 내는 사람이 되고 싶어졌다.

이름에 담긴
삶의 의미

가능하면 비싼 항공편은 피해서 이동하고 있었지만 이번에는 예외로 하기로 했다. 보드가야 기차역에는 외국인 전용 창구가 없었고, 도무지 의사소통이 안 돼서 표를 구할 엄두가 나지 않았다. 그리고 많은 짐으로 여러 명 몫의 줄을 차지하고 있어서 그것 또한 꽤 눈치가 보였다. 게다가 오랜 기다림 끝에 직원 앞에 도착했더니 내 담당이 아니니 저리로 가라 하고, 거기로 가니 여기 왜 왔냐고 한다. 겨우겨우 얘기할 곳을 찾아서 다행이다 싶었더니 표가 다 매진됐다고 했다. 그래도 혹시나 싶어 몇 번 더 시도해 봤는데, 땀은 줄줄 나고 가방은 어깨를 점점 더 짓누르는데, 이러다가는 정말 병이 날 거 같았다. "안 타! 진짜

안 타!" 혼자 짜증을 내며 그 자리를 빠져나왔다. '에잇! 어떻게든 되겠지' 하며 툭툭을 타고 다시 숙소로 향했다.

내 표정이 안 좋긴 정말 안 좋았나 보다. 기사님은 나를 잠시 보더니 "뭐가 그렇게 심각해?"라고 물으셨다. 나는 자초지종을 설명했고 그는 기차 편 말고도 비행기가 있다는 걸 알려주셨다. 그러면 15시간을 힘들여 가지 않고 2시간 만에 뉴델리로 갈 수 있다고. 나는 그에게 감사하다는 인사를 하고 바로 검색에 들어갔다. 그때 그가 마치 중요한 말을 잊고 있었다는 듯이 "너는 이름이 뭐야?"라고 물었고 나는 "규"라고 대답했다. 그러자 그는 뒤에 앉아 있는 나를 보기 위해 몸을 돌리더니 "반가워, 규"라며 웃어 주었다.

여행을 다니다 보면 가장 흔하게 주고받는 말은 서로의 이름을 묻는 것일 텐데, 여행을 계획할 때부터 이 부분은 사소한 고민거리 중 하나였다. 어릴 때부터 '염규영'이라는 이름 때문에 '염소', '염라대왕', '염나' 등의 별명으로 불렸다. 별명이라는 게 대부분 장점을 부각시키기보다는 놀려 먹는 용도로 쓴다는 걸 감안해도 염으로 시작되는 별명은 마음에 드는 게 없었다. 게다가 앞뒤로 '염'과 '영' 비슷한 글자가 있어서 발음하는 것도 쉽지 않았다. 그래서 "앞에는 염소할 때 쓰이는 염이고요, 뒤에는 숫자 영에 영이에요"라고 설명을 더해야 하는 경우가

많았다.

무엇보다 이름의 의미를 이해하는 것도 어려웠는데, 청렴할 염에 홀 규, 영화로울 영. 한자 그대로만 풀어 보면 혼자 청렴하고 영화롭게 지내라는 거 같은데, 청렴하면서 영화롭게 지내라는 거 자체가 앞뒤가 안 맞지 않나? 그리고 혼자서 해내야 한다니까 조금 외로운 느낌도 들고. 뭐 이래저래 마음에 들지 않았다.

여행 중에는 다니엘, 브라이언, 조셉 등의 이름을 갖다 써 볼까도 했지만 이건 뭐 뜻도 모르겠고 외모랑도 안 어울리는 거 같았다. 결국 중요한 일들을 먼저 처리하다 보니 여행하며 쓸 이름은 정하지 못했다. 그래서 여행 중에 내 이름을 묻는 사람들에게 '규영'이라고 말하고 다녔다. 그런데 외국 친구들은 내 이름이 어려운지 몇 번이고 다시 물어서 어느 순간부터는 앞뒤 차포 다 떼고 그냥 '규'라고 대답하기 시작했다. 난 이 이름이 꽤나 마음에 들었다. 한 글자라 상대방이 외우기도 쉽고 내 이름 가운데서 가져온 말이라 나를 대표해 주는 거 같았고 게다가 발음하기도 편했다.

초보 여행자여서 어디를 가도 참 어리바리했겠지만, 나의 시작은 더욱 그랬다. 온라인에 정보도 거의 없었고, 또 있다고 해도 감당하긴 힘든 나라들이었다. 여행하다 보니 즐거운 순간보다 당황하고 고민하는 경우가 더 많았다. 계속 다음을 생각하고 있어야 했고 앞으로 나가기 위해선 어떻게든 실행해야만 했다. 당연한 얘기지만 내가 움직이지 않는 한 아무것도 일어나지 않았다. 그리고 스스로 하지 않으면 누가 대신해 줄 사람도 없었다. 그런 과정 속에서 방법을 찾다 보니, 비현실적으로 보일 만큼 경이로운 아름다움을 만나기도 했다. 그리고 간혹 문제가 생겨도 현지 친구들의 도움을 받으며 내가 원하는 것들을 나름 잘 이루어 나가고 있었다.

더워도 무거워도 길을 잃어도 힘들다는 생각보다는 내가 선택한 것에 대한 책임이라고 생각하게 되었다. 그렇게 마음을 먹으니 크게 걱정하기보다는 하나씩 해결해 나가는 재미마저 느꼈다. 그래서 이 과정을 잘 마치면 내게 감동을 줬던 책의 한 구절처럼 내 인생 또한 예술처럼 될 수 있겠다는 생각이 들었다. 그 순간 문득 이런 생각이 들었다. 내 이름에 이미 이 여행이 담겨 있을지도 모르겠다고.

창으로 들어오는 시원한 바람을 느끼며 내 이름을 다시 들여다보았다. 청렴할 염은 헛된 것을 바라거나 공으로 얻으려 하지 말라는 의미이고, 홀 규는 오로지 내 힘으로, 영화로울 영은 인생을 예술로 만들라는 뜻으로 해석되었다. 즉 내 힘으로 인생을 예술로 만들라는 끝내주는 의미가 이미 내 이름에 담

겨 있었다. 다만 내가 그렇게 살아오지 못해서 미처 알아채지 못했을 뿐이었다. 그리고 그렇게 이름을 스스로 정의하고 나니 내 이름이 좋아지기 시작했다. 그리고 누군가 내 이름을 물으면 스스로 해 나간다는 '규(홀 규)'라고 자랑스럽게 대답하기 시작했다. 그리고 답할 때마다 여행을 잘 마치고 싶은 간절한 마음이 더 커져 갔다. 그리고

이 여행을 예술로 만들고 나서
나머지 인생도 내가 진정 원하는 꿈을 꾸고
또 도전해서 내 힘으로 꽃피우겠다는 꿈이 하나 더 생겼다.

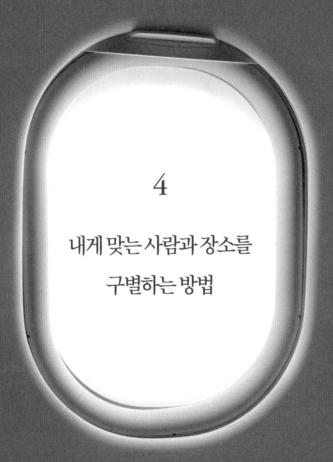

4

내게 맞는 사람과 장소를
구별하는 방법

삶을 바꾸는
순간 이동

여행을 다녀와서 정말 많은 것이 달라졌고, 그러한 변화들은 나를 이전보다 더 행복한 사람으로 만들어 주었다. 그중에서도 러시아에서 배운 '순간 이동 기술'은 큰 노력을 들이지 않고도 내 삶의 질을 높여 주었다.

이번엔 어느 나라를 갈까? 침대에 대자로 누워서 흥얼대듯 세상 즐거운 고민을 하고 있었다. 여행은 이미 내 계획에서 조금씩 벗어나고 있었지만 별로 문제 될 게 없었다. 내 여행을 누구한테 보고해야 하는 것도 아니고, 예정에 없던 나라에 가면 그만큼 예상치 못했던 경험을 할 수 있었으니까. 폰을 양손으로 들어 올려 항공권 어플을 실행하고 '아무 곳이나' 라는 메뉴를 선택했다. 그러고 잠시 기다리고 있으니, 저렴한 항공권과 도시를 대표하는 사진들이 나타났다. 손가락을 아래서 위로 쭉쭉 끌어올리는데 알록달록 장난감 같은 궁전 사진이 내 눈을 사로잡았다. 어릴 때 오락실에서 많이 봤던 궁전이었는데, 테트리스라고 요즘 친구들은 알려나? 작은 화면 속에 도트로 그려져 있던 궁전이 실제로 존재하고 있었다. 내 눈길을 사로잡은 사진 아래에는 '러시아 모스크바'라고 적혀 있었고 그 아름다운 건축물의 이름은 '성 바실리 대성당'이었다. 바로 날씨까지 확인해 보니 한낮의 기온이 20도밖에 안 되었다.

나는 바로 비행기표를 예매하고 새하얀 구름을 건너 러시아에 도착했다. 영어가 안 통해 조금 애를 먹긴 했지만 모스크바에 잘 도착할 수 있었다. 그런데 정작 지하도를 빠져나온 나는 전혀 예상치 못한 광경에 적잖이 당황했다. 뭐야, 너무 아름답잖아! 잘 재단된 옷처럼 구획을 맞춰 들어서 있는 건물 하나하나가 예술 작품처럼 아름다웠다. 전혀 이상할 일이 아니긴 한데, 한동안 대자연 속에서 지내다 보니 다른 종류의 아름다움이 낯설었다. 네모난 창틀부터 벽의 장식, 그리고 입구에 설치된 비를 피하는 지붕까지도 모두 깎고 모양을 내서 예술 작품처럼 보였다. 건물들은 파스텔톤의 하늘색과 민트 색으로 칠해져 있었다.

무슨 동화 속에 나오는 도시도 아니고 어쩜 이렇게 예쁠까?

나는 숙소에 짐을 풀고 바로 시내 구경을 나갔다. 손에 잡힐 것만 같은 하늘이 연한 주황색 지붕 위로 흘러갔다. 사랑을 약속한 자물쇠를 매달아 놓은 조형물 앞에서는 예쁜 연인이 가볍지만 깊은 키스를 나누고 있었다. 그 모습을 바라보며 앉아 있는데 모스크바강을 머금은 시원한 바람이 나를 스치고 지나갔다. 참 별걸 하지 않아도 그저 좋았다. 나는 이 시간을 여기서 멈추고 싶지 않아서 한눈에 반했던 성 바실리 대성당으로 향했다.

강가를 따라 이어진 인도를 걷는데, 앞서가던 빨간색 원피스를 입은 여성이 마치 체조 선수가 자신의 차례를 알리는 것처럼 갑자기 왼손을 번쩍 들어 올렸다. 그러고는 길을 따라 늘어선 낮은 돌담 위에 사뿐히 올라서더니 옆의 남자에게 손을 내밀었다. 그 남자는 그 손을 사랑스럽게 꼬옥 잡고 그녀가 중심을 잡고 걸을 수 있도록 발을 맞췄다. 모처럼 만난 어색하면서도 부러운 모습을 따라 걷다 보니 어느새 붉은 광장에 도착해 있었다.

본래 불리던 이름이 '아름다운 광장'이었다는 것은 괜한 말이 아니었다. 붉은 광장은 러시아의 아름다움을 모아 놓은 보물 상자 같았다. 먹기 아까울 정도로 알록달록 예쁜 아이스크림콘을 모아 놓은 것 같은 성 바실리 대성당과 저녁 노을로 물

들인 거 같은 국립역사박물관, 그리고 양옆을 화려하게 보좌하고 있는 붉은 돌담과 노란 불빛으로 그려진 굼 백화점은 너무도 다른데 기가 막히게 조화를 이루고 있었다. 그 아름다움 속에서 사람들은 앉고 점프하고 서며 저마다의 개성으로 사진을 찍고 있었다.

정말 얼마 만에 느껴 보는 낭만인지 한참을 넋 놓고 즐기다 보니 벌써 밤 9시가 넘어가고 있었다. 나는 서둘러 숙소로 향했다. 지금까지 여행했던 나라들은 숙박비가 저렴해서 주로 1인실을 사용했는데, 러시아부터 상대적으로 숙박비가 높아졌다. 그래서 본격적으로 여러 사람과 함께 지내는 호스텔 생활을 하게 되었다. 그리고 가장 싼 숙소 위주로 예약하고 불편한 부분은 열정과 체력으로 채워 나가자고 생각했다.

그런데 이것이 얼마나 여행 무식자 같은 생각인지는 금세 깨닫게 되었다. 대개 싼 숙소는 도시 중심가에서 멀리 떨어져 있었다. 아무리 길 찾는 어플이 잘 되어 있다고 해도, 처음 방문한 여행자에게는 미로나 다름없었다. 게다가 무거운 짐을 메고 길을 헤매는 것은 그 자체로 진이 빠지는 일이었다. 어쩌다 길을 잘못 들기라도 하면, 지쳐서 다음 날 잠만 자는 경우도 종종 있었다. 그리고 좁은 공간에 여러 시설을 몰아넣다 보니 실제로는 사용하기 힘든 경우도 더러 있었다. 간혹 청소까지 잘 안 되어 있어서 냄새까지 나면 제대로 쉬지도 못했다. 그러면 쉬는 게 쉬는 게 아니었고 여행의 피로가 오히려 더 쌓이는 거 같았다.

여행을 하면서 자연스럽게 무조건 돈을 아끼는 게 능사가 아니라는 생각이 들었다. 그래서 숙소를 보다 신중하게 고르기 시작했다. 이용하려는 교통편에서 멀지 않은지, 부대 시설이 잘 갖추어져 있는지, 그리고 사람들의 평가는 어떤지 자세히 들여다보고 숙소를 선택하기 시작했다. 그렇게 하자 여행이 조금씩 달라지기 시작했다.

우선 버스나 기차에서 내리면 코앞에 숙소가 있어서 오고 가는 게 힘들지 않았다. 그리고 크게 차이가 나지 않는 금액임에도 편의 시설이 잘 갖추어진 숙소들이 있었다. 침대마다 커튼과 사물함이 있어서 개인 공간이 확보되고 욕실마다 헤어드라이기도 구비되어 있었다. 그리고 카페 같은 공간이 마련되어 있어서 비가 오는 날에도 여행지를 운치 있게 즐길 수가 있었다. 이렇게 좋은 숙소들에는 당연히 많은 여행자가 찾아왔다. 그러다 보니 이 먼 타지에서도 우리나라 사람들을 생각보다 자주 만날 수 있었다. 얼마나 반갑던지. 나는 그들과 서로의 여행을 나누며 더 즐거운 시간을 보낼 수 있었다.

돈을 얼마 안 들여도 이렇게 좋아지는 것을, 난 왜 이렇게 힘들게 여행하고 있었을까? 그러고 보면 난 참 무식하게 살았

고 또 그렇게 여행을 하고 있었다. 가장 더운 때에 더운 나라를 가고 돈이 있어도 그 돈을 어떻게든 아끼려고만 했다. 삶과 여행의 목적은 오래 버텨 내는 것이 아니라, 즐겁고 행복하자고 하는 것일 텐데.

그래서 러시아 이후의 여행부터는 무식하게 버티지 않는 연습을 했다. 나는 너무 버텨서 탈이 났었고 성실한 것이 오히려 문제인 사람이었다. 그래서 이제부터는 내가 힘들다고 느끼면 그 생각을 믿어 주기로 했다. 자꾸만 괜찮다며 버티려고 해서 애를 먹긴 했지만, 내 힘듦에 귀를 기울여 주었다. 그런 증상이 나타나면 나에게 맞는 곳을 찾아 장소를 바꾸었다. 그리고 나에게 말해 주었다. '야, 너 힘든 거 맞아. 그리고 굳이 억지로 여기서 버틸 필요 없어. 분명히 네게 맞는 장소가 있을 거야. 여행하면서 수도 없이 경험했잖아. 네가 어쩔 수도 없는 일에 억지로 버틸 필요가 없는 것을. 그리고 환경만 바꿔 줘도 많은 부분이 나아진다는 것을.' 생각의 전환만으로도 마음이 한결 자유롭고 가벼워졌다. 나는 버티느라 귀한 시간과 에너지를 낭비하지 않고, 마치 순간 이동처럼 내가 원하는 곳으로 빠르게 이동할 수 있었다.

더 이상 미루면 포기할 것 같아서

방심한 순간,
러시아 경찰서

해외에서 드론으로 촬영하는 건 생각보다 어려운 일이었다. 출발할 때는 몰랐는데 다른 나라에서 항공 경찰에게 주의를 받고 알게 되었다. 자격증도 필요하고 사전에 관련 기관에 승낙도 받아야 한다는 것을. 정말 무식하면 용감하다고, 애초에 알았더라면 아예 가져오지 않았을지도 모르겠다. 그런데 어쩌지? 이미 여행은 떠나왔고 세계의 아름다움을 나만의 스타일로 담겠다는 프로젝트도 계획했는데.

아침이고 저녁이고 시간이 날 때마다 붉은 광장으로 향했다. 이곳은 경비가 매우 삼엄했다. 성 바실리 대성당과 반대편 역사박물관에는 경찰차가 상주해 있었다. 그리고 주기적으로 붉은 광장을 가로지르며 순찰을 돌고 있었다. 게다가 광장 한 편에 길게 늘어선 붉은 돌담 밑에는, 일정한 간격으로 경찰들이 보초를 서고 있었다. 여기서 영상을 촬영한다는 건 새벽에 일찍 나온다고 해결될 일이 아닌 거 같았다. '러시아 붉은 광장 드론 촬영 승낙받는 방법'으로 검색을 해 봐도, 러시아에서 전투용 드론을 개발 중이라는 암담한 기사만 검색될 뿐이었다.

법을 어기거나 누군가에게 피해를 주고 싶지 않았지만 포기하고 싶지도 않았다. 이곳 사진에 매료되어 그 먼 거리를 날아왔는데, 어떻게든 방법을 찾고 싶었다. 그리고 언제나 그렇듯 분명 방법은 있을 거라고 스스로 힘을 불어넣었다. 그래서 더 이른 아침에 나와서 더 늦은 밤까지 광장을 둘러봤다.

새벽에는 붉은 광장과 너무 잘 어울리는 주황색 청소차가 바닥에 신나게 물을 뿌렸고 아침이 되면 가벼운 차림의 현지인들이 조깅을 즐겼다. 그 이후부터 밤늦은 시간까지는 세계 각국의 사람들이 붉은 광장으로 모여들었다. 그렇게 수첩에 광장의 세부 사항을 적고 있노라니 마치 스파이가 된 기분이었다. 그런데 아무리 생각해 봐도 붉은 광장 안에서 드론을 날리는 것은 이곳을 이용하는 분들에게 큰 피해가 될 것 같았다. 그리고 러시아 경찰들에게 '날 잡아가세요'라고 하는 것과 다름이 없었다.

더 이상 미루면 포기할 것 같아서

주위를 더 둘러보니 성 바실리 대성당 바깥으로 굉장히 넓은 주차 공간이 있었다. 마침 공사 중이라서 사람들도 그곳으로 다니고 있지 않았다. 혹시 이곳이라면 가능하지 않을까? 여기라면 멀리서나마 붉은 광장의 아름다움을 담을 수 있을 거 같았다.

물론 가장 좋은 것은 합법적으로 촬영 승인을 받는 것이겠지만, 드론을 날리는 자격증이 있다는 것도 몰랐던 나에게는 해당 사항이 없는 얘기였다. 그리고 영어도 잘 쓰지 않는 러시아에서 드론 촬영을 신청하고 승인받을 생각을 하는 것만으로도 이미 머리가 지끈거렸다. 다음 비행기가 며칠 남지 않은 상황이어서 결론은 간단했다. 내일 이곳에서 마지막으로 방법을 찾든가 아니면 깔끔하게 접고 다른 장소를 알아보든가 해야 했다.

드디어 결전의 날이 밝았다. 새벽 5시에 일어나 커피 한 잔을 챙겨 붉은 광장으로 향했다. 사람이 거의 없는 새벽이라면 그래도 가능성이 있지 싶었다. 도착한 시간은 오전 5시 30분. 붉은 광장으로 들어가는 입구는 닫혀 있었고, 그 바로 왼편에는 순찰차가 정차해 있었다. 아래쪽 주차장에서 촬영이 가능할 거 같다는 건 어디까지나 내 생각일 뿐이니까 경찰에게 물어보기로 했다. 가 봐서 된다고 하면 촬영하고 안 되면 못 잔 잠이나 더 자야겠다고 생각했다.

똑똑. 앞문 유리창에 살짝 노크를 하자 창문이 내려왔다. 그

안의 풍채가 좋은 러시아 경찰은 아침부터 낯선 이방인의 방문에 무슨 일인가 싶은 표정이었다. "안녕하세요. 저는 한국에서 온 여행자인데요. 저 아래 주차장에서 드론으로 촬영을 하고 싶은데 가능할까요?" 그는 문을 열고 나오더니, 우선 무엇으로 촬영한다는 건지 보자고 했다. 나는 짐을 풀어 웅크린 개구리 같이 생긴 드론을 꺼내 보였다. 그는 잠시 생각하더니 생각보다 별일 아니라는 듯 손가락으로 아래쪽 주차장을 가리켰다. 그러곤 저곳에서 찍으면 괜찮다고 승낙을 했다.

아싸! 이곳을 관리하는 경찰이 괜찮다고 하니 마음이 놓였다. 바닥에 장비를 풀고 드론 다리를 펴서 프로펠러를 연결하고 전원을 넣었다. 네 개의 다리에서 바람이 일면서 드론이 '붕' 하고 떠올랐다. 컨트롤러를 보며 50미터, 그리고 더 높게 100미터까지 드론을 띄우자 붉은 광장의 아름다움이 화면 가득 들어왔다. 아래에서 올려다보는 시야와 다르게 하늘에서 바라본 붉은 광장은 더욱 입체적으로 아름다웠다. 그리고 보드가방을 메고 아무도 없는 그곳을 전진하는 내 모습은 세상의 보물을 발견한 여행자처럼 도전적이고 멋있게 느껴졌다.

숙소에서 며칠간 상상하던 그 모습을 촬영하느라 신나 있는데 오른편에서 경찰들이 다가왔다. 아까 촬영 허가를 받을 때는 없었던 경찰들이었다. 이거 뭐지? 분위기가 안 좋은 걸. 이

유 없는 걸음 없다고, 나는 조금씩 불안해지기 시작했다. 그래도 당황하는 모습은 오히려 좋지 않을 거 같아서 담담하게 촬영을 이어갔다. 그런데 경찰 중 한 명이 내게 다가와 촬영을 멈추라고 했다.

그의 말에 높이 떠 있던 드론을 착륙시키고 그에게 자초지종을 설명했다. '흐음, 그랬단 말이지.' 그는 내 말을 다 듣고는 붉은 광장 왼편에 주차된 순찰차로 다가갔다. 내 말이 맞는지 확인하는 듯했지만 러시아어라서 도무지 알아들을 수가 없었다. 나는 아무 잘못 없다는 표정으로 웃으며 지켜볼 뿐이었는데, 어째 흘러가는 분위기가 내게 좋지 않은 상황인 거 같았다. 게다가 무슨 구경이나 난 것처럼 또 다른 경찰들이 모여들었고, 나는 어느새 곰 같은 덩치의 러시아 경찰 다섯 명에 둘러싸여 있었다.

나는 재미가 하나도 없는데, 그들은 자기들끼리 웃고 떠들고 진지해졌다가 또 웃기를 반복했다. 그러더니 그중 가장 덩치 큰 경찰이 나에게 능글맞게 얼마나 있냐고 물었다. 참 가지가지 하는구나. 나는 한화로 만 원 정도 들어 있는 지갑을 보여 줬는데 오히려 그가 어이없어 하는 표정을 지었다. 그 후로 길바닥에서 애만 태우는 시간이 지나갔다.

내가 무슨 동물원 원숭이도 아니고 뭐하자는 건지. 그래서 손짓 발짓 동원해 가며 저 경찰에게 허락을 받았고, 지정된 구역에서만 비행을 했다고 해명을 했다. 그런데 정말 모르는 건지 알고도 모른 척하는 건지 해결될 기미가 보이지 않았다. 이제 놀 건 다 놀았는지 한 경찰이 나에게 따라오라고 하는데, 분위기를 보아하니 경찰서로 데려가는 거 같았다.

그때 퀵보드를 타고 가던 젊은 사람이 내게 다가오더니 무슨 일이냐고 물었다. 다행히 그와는 영어로 의사소통이 가능해서 전후 사정을 설명할 수 있었다. 그는 괜찮다며 나를 다독이더니 경찰서까지 따라와 주었고 경찰들과 한참 얘기를 나누었다. 어느 정도 정리가 됐는지 그는 내게 다가와 촬영한 파일이 필요하다고 했다. 그래서 나는 잽싸게 메모리 카드를 꺼내 주었고 그는 자신의 노트북에 영상을 옮겨 담았다. 그러곤 내 영상을 경찰들에게 보여 주었다. 그리고 한 번 더 내가 세계 여행을 하는 사람이며 순수하게 관광지만을 촬영했다는 것을 강조했다. 나는 그가 막힘 없이 조치를 취하고 1시간이 넘도록 나와 함께 있어 줘서 이곳에서 일하는 경찰일 거라고 짐작했다. 그리고 그런 그를 만나서 정말 다행이라고 생각했다.

한참 동안 분주했던 그는 경찰들과 얘기를 마치고 내게 다가와 이젠 정말로 괜찮을 거라고 했다. 그 말을 듣고도 내가 안심을 못 하자, 시간이 더 걸릴 수는 있겠지만 기다리면 될 거라며 다시 한번 나를 안심시켰다. 나는 감사의 인사와 함께 어느 부서에서 일하는 경찰이냐고 물었다. 그러자 그는 크게 웃으면서 그저 지나가는 길이었다고 말했다. 그러면서 다 잘 될 거라며 내 어깨를 토닥였다. 감사한 마음에 그에게 이름을 묻자 그는 "세션"이라고 대답했다. 그러고는 스마트폰을 꺼내 지도를 보여 주며 꼭 콜로멘스코예 공원에 가 보라고 했다. 그곳은 관광객들은 잘 모르는 현지인들의 최애 장소라고.

그가 떠난 뒤 혼자 남겨진 경찰서에서 상상도 못 했던 얘깃거리가 생긴 거 같아서 내심 기뻤다. 거기에 영상까지 찍었으니 대성공이라고. 그런데 이 생각이 얼마나 위험천만한 것이었는지는 채 30분도 되지 않아 깨닫게 되었다. 출입구 바깥쪽에서부터 소란스러운 소리가 들리더니 경찰이 한 남자를 체포해 왔다. 잡혀 온 젊은 남자는 소리를 지르며 저항했고 건장한 경찰이 그를 확 밀어내 옆자리에 던지듯 앉혔다. 그리고 강렬한 눈빛과 단호한 말투로 그를 한순간에 제압해 버렸다. 그렇게 연이어 사람들이 잡혀 왔고 그중 한 명은 내 눈앞에서 수갑이 채워지더니 경찰서 안으로 끌려갔다.

장난이 아니었다. 만약에 세션이 나를 도와주지 않았더라면 나 역시 손에 수갑이 채워져 어디론가 붙들려갔을지도 모른다. 그렇게 끌려가도 내가 왜 안 들어오는지 궁금해할 사람도 없었다. 그제야 정신이 번쩍 들었다. 여행의 기쁨에 취해 있던 나는 아주 간단한 사실 하나를 잊고 지내고 있었다. 세상에 좋은 사람만 있는 게 아니라는 것을.

아니, 어떻게 보면 나와 잘 맞고 나를 친절하게 대해 주는 사람들은 많지 않았다. 모두 바빴고 서로에 대해 신경 쓰기가 쉽지 않았다. 그래서 내게 잘해 주는 사람들은 더 귀하고 소중했다. 그런데 난 잠시 착각하고 있었다. '나는 여행자니까 실수를 해도 상대가 웃어 넘어가 주겠지'라고. 지금처럼 누군가의 도움이 계속되는 행운이 계속될 거라고. 그러나 여행은 현실과 분리된 세상이 아니었다. 그렇기 때문에 나를 지키기 힘든 여행에서는 각별히 더 주의를 해야 했다.

세션은 다 잘 해결되었다고 했지만 시간은 하염없이 계속 흘렀다. 그리고 나는 러시아 경찰서 나무 벤치에서, 그들의 판결만 기다린 채 몇 시간째 대기하는 중이었다. 그렇게 2시간이 더 지나고 옆 강당에서 큰 박수 소리가 들렸다. 그리고 많은 경찰들이 우르르 쏟아져 나왔고 곧 나도 경찰서를 벗어날 수 있었다. 내가 5시간 이상 그곳에 발이 묶여 있어야 했던 건 그날 모스크바 경찰서에 큰 행사가 있었기 때문이었다.

예전의 나라면 큰 잘못도 아닌데 행사 때문에 오래 갇혀 있었다고 불평을 할 수도 있었다. 그러나 오늘은 전혀 그런 생각이 들지 않았다. 조금 당황하고 힘들긴 했지만 남은 여행과 삶을 위한 따끔한 백신을 맞은 거 같았다. 그래서 오히려 이 정도로 끝난 게 감사했고 빨리 나오지 못한 게 다행이라는 생각이 들었다.

더 이상 미루면 포기할 것 같아서

삶을 동화로 만드는
사람들

"규영아, 나 결혼할 수 있을까?" 모처럼 만난 친구가 풀이 잔뜩 죽은 채로 물었다. "야! 당연하지. 그걸 말이라고 하냐. 내가 항상 그러잖아. 분명히 네게 맞는 사람이 있을 거라고. 우리가 아직 못 만나서 그렇지 확실히 있어. 물론 열심히 만나려고 해야겠지만. 포기하지 않으면 반드시 만날 수 있을 거야." 나는 정말 그렇게 생각했다. 결혼에 부정적이었던 사람들조차도 자신과 맞는 누군가를 만나면 언제 그랬냐는 듯 사랑꾼이 되는 것을 종종 확인할 수 있었기 때문이었다. 마치 잃어버린 반쪽을 찾은 것마냥 착 달라붙어서 인연이 되어 버렸다.

실제로 그렇게 걱정하던 그 친구는 나보다 먼저 결혼했고,

가끔 나에게 "연애와 결혼이라는 건 말야…"라며 진심 어린 충고를 해 준다. 속에서는 열불이 나지만 '그래도 이런 소리를 들을 수 있어서 다행이다'라며 웃어넘긴다.

동화 같았던 러시아에서 나는 다시 한번 확인할 수 있었다. 억지로 맞추지 않아도 자연스럽게 잘 맞는 사람들이 있다는 것을. 그런 사람들과 함께 있으면 싸울 일도 웃을 일이 되었고, 평범한 일상도 동화 같은 하루가 되었다.

러시아를 떠날 날이 다가오고 있었다. 그동안 모스크바에는 여러 차례 비가 내렸고, 나는 그 비와 함께 남은 시간을 여유롭게 보내고 있었다. 오늘도 호스텔에는 어김없이 새로운 얼굴들이 나타났고 그중에 한국 분들도 있었다.

방금 도착한 단발머리 여성분은 주방에서 주전자를 들고 갈팡질팡 어찌할 바를 모르고 있었다. 가볍게 인사를 하고 혹 도울 게 있냐고 묻자, 커피를 어떻게 내려 마셔야 할지 모르겠다며 난감한 표정을 지었다. "아… 이거. 나도 처음에 헤맸었는데." 그렇지만 능숙한 척 이곳에서 배운 방법을 알려드렸다. 커피 가루를 주전자에 넣어 끓인 후 입구 쪽에 전용 거름망을 대고 커피를 컵에 천천히 따랐다. 그 모습을 본 여성분은 "이렇게 하는 거였어?"라고 혼잣말을 하며 조금 억울한 표정을 지었다. 그리고 내게 짧게 감사하다고 말하고는 뭔가 바쁜 일이 있는 것처럼 방으로 금세 들어갔다.

그 뒤로도 공용 공간에서 종종 마주쳐서 간간이 인사를 했고 간단한 질문을 건네기도 했다. 그러나 "러시아는 얼마 동안 여행하세요?", "다음에는 어디로 가세요?"라고 물으면 민망할 정도로 짧게 "일주일이요", "유럽이요"라고 대답했다. 그러고는 더 이상 물어보지 말라는 듯 자신의 노트북으로 얼굴을 돌렸다. 어, 뭐지? 이 별로인 느낌은. 나도 굳이 그런 반응에 대화를 이어갈 생각은 없어서 그 후로는 말을 걸지 않았다.

그날 저녁 며칠 전에 다른 곳으로 여행을 떠났던 석영 씨가 숙소로 돌아왔다. 긴 머리에 친절한 눈, 그리고 내가 하는 말들에 눈물까지 흘리며 들어주던 친구라, 꼭 다시 한번 보고 싶었다. 그런데 이렇게 다시 만나게 되다니, 정말 너무나 반가웠다. 그리고 그날 여군 출신의 매력이 통통 튀는 친구까지 알게 되었다.

우리는 며칠 만에 수저가 하나 더해진 저녁을 같이 먹으며 신나게 수다를 떨었다. 나는 붉은 광장의 아슬아슬했던 순간을 털어놓았고 수즈달에 다녀온 친구는 그곳에서 만난 러시아 가족과의 행복했던 순간을 전해 주었다. 그리고 방금 알게 됐지만 마음이 통한 새로운 친구는, 여군을 제대하고 여행을 시작한 계기를 들려주었다. 그 친구는 마음에 드는 여행지에서 개량 한복을 입고 찍었던 사진을 어린아이처럼 신나게 보여 주었다. 우리는 누가 먼저라고 할 것도 없이 같이 놀기로 했고, 어디를 가면 좋을지 의논하기 시작했다.

모두 붉은 광장은 벌써 여러 차례 다녀왔고, 모스크바 시내도 봤고. 뭘 해야 하지? 나는 문득 나를 구해 준 세션이 소개한 콜로멘스코예 공원이 떠올라 그곳에 가보는 게 어떠냐고 제안했다.

거기가 어딘데? 그런 곳도 있었던 거야?
— 아, 세션이 그러는데 여기 현지인들이 자주 가는 명소라고 하더라고.
오. 그래?

다들 현지인이 추천한 장소를 꼭 가봐야 한다며 바로 검색 신공을 펼쳤다. 그곳은 지하철로 채 30분이 안 되는 거리에 있었다. 그런데 놀라운 것은 도심 한가운데에 동화 속에서나 나올 것 같은 녹색 나무 궁전과 넓은 잔디밭, 그리고 그 사이를 가로지르는 아름다운 강이 흐르고 있었다.

그런데 막상 가자고 하니까 살짝 부담이 됐다. 내가 제안했으니까 가는 길이라든지, 뭐 하고 놀지를 잘 계획해야 할 것 같았다. 그래서 아침 일찍부터 스마트폰을 켜서 공부를 했다. 한

더 이상 미루면 포기할 것 같아서

방에 딱딱 찾아가서 헤매는 일이 없도록 잘 정리해 두었다. 그러나 러시아 지하철에서부터 그 계획은 여지없이 무너졌다. 지하철 그 어느 곳에도 영어로 된 안내 표지판이 없었다. 그리고 길을 물어도 현지인들이 영어를 거의 사용하지 않아서 서로 난처한 상황만 계속되었다. 결국 친구들과 지하철 안을 몇 번이나 헤집고 다닌 끝에 목적지 역에 도착할 수 있었다.

힘겹게 도착한 공원 입구에는 대형 마트가 있었고 우리는 간단히 장을 보고 공원으로 향했다. 양옆으로 길게 늘어선 높다란 가로수를 따라 들어가다 보니 공원 입구가 나왔다. 그리고 그 안에는 도심 한복판이라고는 믿기지 않을 정도로 끝없이 사방으로 푸른 잔디밭이 펼쳐져 있었다. 그리고 드문드문 들어선 건물들은 지어져 있는 게 아니라 초록의 잔디 위에 꽃처럼 피어 있었다. 콜로멘스코예 공원에는 단 하나도 같은 모양의, 그리고 아름답지 않은 건물이 없었다. 내 상상으로 그려 낼 수조차 없는 풍경은 내 눈과 마음을 행복한 감탄으로 채워 주고 있었다.

우리는 서로 사진을 찍어 주며 그 순간을 즐겼다. 그러다 출출해져서 푸른 강이 보이는 그늘 아래 자리를 잡고 맥주잔을 부딪쳤다. "만나서 진짜 반가워!" 우리 앞 강가 계단에는 떨어질 줄 모르고 찰싹 붙어 있는 연인이 있었는데, 때마침 챙겨 온 블루투스 스피커에서 달콤한 노래가 흘러나왔다. 아름다운 경

치에서 즐기는 시원한 맥주와 치킨은 행복을 가득 충전해 주었고 그 순간 우리는 각자의 고민을 잊은 채 그저 즐거웠다.

배도 기분도 한껏 채운 우리는 오늘의 최종 목적지인 나무로 지은 궁전을 보러 가기 위해 일어났다. 꽤 걸었다고 생각했는데 공원은 생각보다 더 넓었고 조금 지쳐 갈 때쯤 갑자기 비가 내리기 시작했다. 우리는 서둘러 잎이 무성한 나무 밑 벤치에 앉아 눈앞에서 미스트처럼 뿌려지는 비가 잦아들기를 기다렸다. 그러나 조금 지나면 그칠 줄 알았던 비는 점점 더 거세지더니 나뭇잎을 뚫고 사방에서 들이쳤다. 우리는 까맣게 내리는 빗속을 헤매느라 흠뻑 젖고 말았다. 그렇지만 그 누구도 불평하는 사람이 없었다. 모두의 표정이 말해 주듯 우리는 어린아이가 된 것처럼 이 순간을 즐겼다.

우리는 간신히 작은 휴게소 처마를 찾아 비를 피할 수 있었다. 비는 한참을 더 지붕을 타고 신나게 흘러내린 뒤 그쳤고 우리는 다시 궁전으로 향했다. 이게 길인가 싶은 숲속 계단을 내려가고 아직 보수 중인 인도를 건너서 간신히 나무 궁전에 도착했다. 청녹색 복주머니처럼 생긴 궁전은 아름다웠지만 우리는 너무 지쳐 있었다. 그래서 간단히 사진만 찍고 다시 숙소로 향했다.

친구들과 즐겁게 얘기하며 돌아오는데 문득 오늘 하루가 굉장히 이상하게 느껴졌다. 하루의 시작부터 지금까지 즐겁지 않고 자연스럽지 않은 순간이 없었다. 길을 잃어도 질책하는 사람이 없었고, 일정이 늦어진다고 불평하는 사람도 없었다. 오히려 서로 힘을 합해 방법을 찾아냈다. 그런 과정에서 누구 하나 짜증 내는 사람이 없었다. 아름다운 풍경을 모두 한 마음으로 즐겼고, 그렇게나 비를 많이 맞았는데도 재미있다고 웃어넘기고 있었다. 그리고 이렇게 많이 걸었음에도 모두 그 사실을 잊은 듯 해맑기만 했다. 과연 우리의 오늘은 서로에 대한 배려의 결과인 걸까, 서로를 참고 버틴 순간들이었을까? 그 친구들은 모르겠지만 나는 전혀 억지스러움을 느낄 수가 없었다. 우리 관계는 물 흐르듯 자연스러웠고, '쿵' 하면 '짝' 하고 서로가 서로의 행복을 더 키워 내고 있었다. 우리는 쉽게 만나기 어려운, 참 잘 맞는 사람들이었다.

어른이 되고 나서 가장 힘들었던 것은 사람들 사이의 관계였다. 그 이유는 참 다양했다. 직장 상사가 나에 대한 배려 없이 고압적으로 지시할 때, 친구가 나에게 잘해 주는 거 같긴 한데 뭔가 이용당하는 느낌이 들 때, 그리고 아예 생각이 달라서 말이 안 통하는 사람과 같이 있을 때 등등. 그런 수많은 경험 속에서 난 어쩔 줄을 몰랐다. 모두와 좋은 관계를 유지하고 싶은데 도무지 어디서부터 손을 써야 할지 몰랐다. 그리고 '내가 잘못된 건가? 내가 속이 좁아서 상대를 나쁘게 보려고 하는 건

더 이상 미루면 포기할 것 같아서

가?' 반성하곤 했었다. 그러나 여행을 떠나 온 지금은 알 수 있
었다.

나에게 불편함을 안겨 주었던 사람들은
서로에게 별로 중요한 사람들이 아니었다.

나에게
고압적이고
배려 없고
목적을 가진
사람들은
잠깐의 안녕에도
금방 사라져 버렸다.

그렇게 억지스러웠던 사이는
가벼운 바람에도 날아가 버리는
모래보다도 더 가벼운 사이였다.

애초에 관심이
불필요한 관계였다.

더 이상 미루면 포기할 것 같아서

내가 원하는 것을 찾아 여행하다 보니 이제는 나와 맞는 사람들을 만날 수가 있었다. 서로 생각이 비슷해서 내가 원하는 곳을 그들도 원했다. 그리고 내가 좋아하는 것을 그들도 좋아했다. 우리는 자연스레 서로 존중했고 먼저 베풀고 배려했다. 그래서 같이 있으면 따뜻한 위로를 받았고 나 역시 감사해서 그런 마음을 행동으로 돌려주었다. 그러니 관계를 위해 억지로 노력을 할 필요가 없었다.

그리고 보면 좋은 사람을 찾는 것은 내가 하는 여행과 많이 닮아 있었다. 내가 누구인지 알고, 원하는 것을 알아야 내게 맞는 사람을 찾을 수 있었다. 그리고 그렇게 잘 맞는 사람이 내게는 누구보다 좋은 사람이었다.

5

후회를 남기지 않는 방법

혼자라는
그 불완전성

노르웨이에는 여행자들을 설레게 하는 인생 샷 촬영 장소가 세 곳 있다. 바로 프레이케스톨렌, 셰라그볼텐, 트롤퉁가. 이곳에서 찍은 사진들은 어찌나 비현실적이고 짜릿한지 보고 있는 것만으로도 다 흥분이 될 정도였다.

프레이케스톨렌은 그야말로 엄청난 높이의 직각인 절벽이었다. 마치 63빌딩 한쪽 끝에 앉아 있는 거나 마찬가지였는데 그곳에서 내려다보는 노르웨이의 풍경은 그야말로 끝내줬다. 이 아찔한 곳을 여행자들은 무섭지도 않은지 절벽 밖으로 다리를 내리고 걸터앉았다. 그리고 대담하게 자신의 모습을 사진으로 찍어 공유하고 있었다.

셰라그볼텐은 두 절벽 사이에 사람 하나 설 정도의 동그란 바위가 끼어 있는 모양새였다. 보고 또 보아도 계란 같이 동그란 바위가 그 사이에 끼어 있는 게 신기할 따름이었다. 사진으로 보는 것만 해도 무서운데 사람들은 그 위에서 손을 번쩍 들어 올리며 서 있었다. 나는 도저히 그곳에 갈 엄두가 나지 않았다. 바람이라도 불어서 자칫 미끄러지기라도 한다면…. 아… 생각하기도 싫다.

마지막으로 내 여행의 하이라이트가 될 트롤퉁가는 노르웨이에서도 꽤 유명한 인생 샷 명소였다. '트롤'은 괴물, '퉁가'는 혀라는 의미인데, 이 바위는 정말 그 이름처럼 거대한 괴물이 세상을 향해 포효하듯 하늘에 떠 있었다. 그리고 그 밑으로는 거대한 산맥과 그 사이를 흐르는 호수가 말로는 표현할 수 없는 장관을 만들어 내고 있었다. 나는 이곳의 사진들을 보는 순간 여행지 목록에 넣었고, 어느새 이곳에 와 있었다.

미리 조사한 자료와 현지 가이드북을 참고하니 트레킹 계획이 훨씬 깔끔하게 정리가 됐다. 프레케스톨렌은 왕복 5시간 정도 소요되는 초급자 코스, 사진을 보자마자 패스한 셰라그볼텐은 길이 가장 험난하면서 왕복 8시간이 걸리는 중급자 코스, 그리고 크게 힘든 구간은 없지만 10~12시간은 부지런히 이동해야 하는 트롤퉁가는 여행자들 사이에서 가장 어려운 코스였다.

흠, 이곳들을 어떻게 즐겨 주지? 나는 한동안, 어쩌면 평생 다시 못 올지도 모를 이곳에 가서 단순히 사진만 찍고 내려오고 싶지는 않았다. 그래서 가장 무난한 코스인 프레케스톨렌에서 캠핑을 하기로 결심했고, 다음 날 장비를 챙겨 프레케스톨렌으로 향하는 페리에 올라탔다. 하얀색 페리는 거대한 입을 열어 차량들을 가득 실은 후에 물살을 가르며 시원하게 항해했다. 그리고 20분 정도 후에 도착한 선착장에는 목적지로 가는 또 다른 버스가 우리를 기다리고 있었다.

1시간 정도 달려 프레케스톨렌 버스 정류장에 도착하자 사람들이 우르르 내렸고, 안내 표지판을 따라 삼삼오오 저마다의 여행을 시작했다. 초반은 꽤 가팔랐지만 그리 오래 지속되지 않았고 곧 평평한 길이 이어졌다. 비가 자주 내려서 그런지 땅은 약간 질퍽거렸으나 크게 미끄럽지는 않았다. 그리고 중간중간 꽤 높이가 있는 돌계단을 올라야 했지만, 지칠 만하면 금세 좋은 길이 나와서 크게 힘들어하는 사람은 보이지 않았다. 그러나 올라갈수록 안개가 짙어져 낭떠러지와 길의 구분이 분명하지 않았다. 길의 너비가 충분해서 그다지 위험하지는 않았지만 그래도 긴장감을 늦출 수는 없었다.

주위에 보이는 거라곤 온통 돌과 바위뿐이라서 경관이 아름답다고 할 수는 없었지만 이곳을 오르는 사람들의 모습은 인상적이었다. 정확히 뭐라고 부르는지는 모르겠지만, 아버지들은 아이를 안전하게 업을 수 있는 배낭을 메고 산을 오르고 있었다. 아무리 어렵지 않은 코스라고 해도 꽤나 힘들 텐데, 아내와 정겹게 대화를 나누며 한 가족이 산을 오르는 모습은 낯설면서도 부러웠다. 그리고 주인과 함께 산을 오르는 대형견들도 많이 볼 수 있었다. 이 친구들은 얼마나 복을 받았는지 오르다 물을 만나면 풍덩 달려들어서 시원하게 수영을 하고 돌 사이를 뛰어오르며 산을 오르고 있었다. 그런 모습이 부러울 정도로 자유롭고 건강해 보였다.

정상에 가까워질수록 안개가 더 짙어졌고 이제는 옆 사람의 얼굴조차 알아보기가 힘들어졌다. 수직의 아찔함을 보기 위해 힘들게 올라온 사람들의 안타까워하는 소리가 여기저기서 들렸다. 아쉬운 대로 직각의 절벽에 걸터앉아 사진을 찍어 보았지만 사진에는 희뿌연 실루엣만 담길 뿐이었다.

아무래도 안개가 걷힐 기미가 보이지 않아서 우선 잠자리부터 마련하기로 하고 주위를 둘러보았다. 절벽 주위로는 계속 사람들이 오르내려서 편안히 지내기 어려울 거 같았다. 그래서 올라온 길을 다시 내려가 반대편 바위산으로 향했다. 저 끝 언저리에 푸른 기운이 조금 보였다. 그대로 10분 정도, 없는 길을 다람쥐처럼 오르락내리락해서 더는 갈 수 없는 곳까지 이르렀다. 그랬더니 정말 거짓말처럼 안개가 싸악 걷히고 그토록 기대하던 광경이 내 눈앞에 펼쳐졌다.

수백 미터의 절벽 아래로 푸르다 못해 투명한 호수가 눈 닿지 않는 곳까지 이어져 있었다. 그리고 양옆으로는 거대한 녹색 산들이 그 물줄기를 담아 내고 있었다. 나는 이곳이 단번에 마음에 들었다. 멍하니 서서 봐도, 앉아서 봐도 계속 보아도 질릴 수가 없었다. 광활한 산맥 속에 누워서 신비하게 담겨 있는 호수를 바라보며 잠든다면 내 평생 잊지 못할 기쁨과 추억이 될 게 분명했다.

나는 보금자리를 이곳으로 정하고 돌바닥 위에 캠핑 사이트를 꾸리기 시작했다. 챙겨 온 텐트가 처음이라 애를 먹고 있었는데, 지나가는 여행자들이 도와줘서 다행히 튼튼하게 칠 수 있었다.

그 사이에 안개가 걷혀서 반대편 프레케스톨렌도 아찔한 자태를 드러냈다. 많은 여행자는 기다렸다는 듯이 그 절벽의 끝에 앉아서 사진을 찍기 시작했다. 조심스럽게 다리만 살짝 걸치는 사람, 아래를 내려다보는 용기 있는 사람, 근처도 못 가는 사람 등등 다양한 모습이 있었다. 그런데 한 연인은 보는 사람도 가슴 섬뜩한 그곳에 나란히 앉더니 기네스 맥주를 꺼내 들었다. 그리고 연인과 사랑스럽게 건배를 하더니 같이 시원하게 들이켰다.

나는 이곳의 아찔함과 다양한 사람들의 모습을 실컷 마음에 담은 뒤에 반대편 보금자리로 돌아왔다. 자리를 정리하고 누워 '지이이익' 지퍼를 당겨 창을 열었다. 바로 눈앞에 유유히 흐르는 호수가 들어왔다. 그런데 보고만 있어도 행복해야 하는데 이상하게 내 마음이 그렇지가 않았다. 뭔가 아쉬웠다. 그리고 그렇게 아름다워 보이던 호수가 외롭게 보였다. 다시 감탄하려고 풍경 하나하나를 자세히 들여다보아도 그렇게 되지가 않았다. 분명 좋고 아름다운데 바라볼수록 무언가 빠진 것 같은 느낌이 들었다. 자꾸만 외로움이 밀려왔다.

밤 10시가 넘어도 해가 지지 않는 백야의 프로케스톨렌에 홀로 눕자, 영화 〈인투 더 와일드(Into the Wild)〉의 마지막 장면이 떠올랐다. 사회를 거부하며 야생으로 들어간 주인공이 죽기 전에 남긴 말 "Happiness is only real when shared". "행복은 오직 나눌 때에만 실재한다." 이전의 여행까지는 감탄하느라 정신이 없었는데, 오늘은 그 말이 자꾸만 생각났다. 많이 슬프거나 우울한 것도 아닌데 왜 그런 걸까?

가만히 생각해 보니 이 외로움이 대단히 긍정적인 신호처럼 느껴졌다. 지금까지는 내 마음속에 행복이 너무 부족해서 배고픈 아이처럼 채우기 급급했었는데, 이제는 누군가와 나누고 싶을 만큼 행복해진 거 같았다. 이제야 비로소 누군가에게 나눠 줄 수 있을 만큼 행복해진 거 같았다. 그래서 이런 경치를 혼자

보기가 너무 아쉬웠다. 누군가와 손잡고 이 광경을 본다면 더 많이 행복할 거 같았다. 나는 스마트폰을 꺼내 또 한 번 짤막한 메모를 남겼다. 이곳을 올라오며 봤던 사람들처럼 나 또한 사랑하는 사람과 삶과 일의 균형을 맞추며 살아가고 싶다고. 그리고 다음에 또 이곳에 온다면 그때는 혼자가 아닌 사랑하는 이와 함께 벼랑 끝에서 기네스를 함께 마시겠다고.

미쳤다는 소리를 듣는 순간,
내가 좋아졌어

내 인생 최고의 순간은 언제였을까? 나는 단 한 순간의 망설임도 없이 트롤퉁가에서의 하루라고 말할 것이다.

누구나 인생에서 지금까지의 삶을 뒤집어 버릴 정도의 사건을 만나게 된다고 하는데, 내게는 바로 그때가 그랬다. 끝이 보이지 않는 낭떠러지 위 바위에서 스케이트보드를 타고 내달리던 그때, 내 삶은 완전히 다른 방향으로 바뀌었다.

처음에는 그 모험을 두려워했고, 적당히 나와 타협한 뒤 지나치려고 했다. 왕복 12시간이 넘는 거리를 드론과 스케이트보드를 짊어지고 간다는 건, 간단히 생각해 봐도 쉬운 일이 아니

더 이상 미루면 포기할 것 같아서

었기 때문이다. 그것 외에도 못 할 이유는 너무 많았고 충분히 그럴 만했다. 트롤퉁가는 호수 수백 미터 위에 구름처럼 떠 있어서 주위에 바람이 강했다. 드론을 자칫 잘못 날렸다가는 그 기류에 휩쓸려 영영 안녕할 수 있었다. 아직 조작이 미숙해서 강한 바람을 피해 갈 자신은 더 없었다. 그리고 무엇보다 사진으로 봐도 좁아 보이는 그 바위 위를 달릴 자신이 없었다. 평지에서도 달리는 게 시원찮은데, 그 좁고 울퉁불퉁한 바위 위를 달린다고? 내가 생각해도 정신 나간 짓이라는 생각이 들었다. 아무리 여행 영상을 멋지게 남기고 싶더라도, 그게 뭐라고 목숨까지 건다는 말인가? 그래서 결국 나는 간단한 짐만 챙겨서 트롤퉁가로 향했다.

아직 눈이 남아 있는 바위산을 6시간 정도 오르니, 목적지를 알리는 표지판이 나타났다. 그곳에는 '위험 지대! 조심!'이라고 쓰여 있는 표지판이 세워져 있었는데 그림이 너무 리얼했다. '아아아악~' 소리가 단번에 연상될 정도로, 사람이 절벽 아래로 떨어지는 모습이 간단하고 섬뜩하게 그려져 있었다. 트롤의 혀는 정말 그 그림처럼 주변에 어떠한 안전장치도 없이 허공 위에 거대하게 튀어나와 있었다.

바위 뒤에는 마치 극장 매표소처럼 사람들이 사진을 찍기 위해 줄을 서 있었다. 그리고 한 사람씩 차례차례 구상해 온 포즈를 맘껏 뽐냈다. 대부분 조심스럽게 바위 끝에 걸터앉았고,

가끔 대담한 사람은 그 상태로 손을 번쩍 들어 보이기도 했다. 생각보다 여행자들이 많아서 한참을 기다린 후에야 내 차례가 되었다.

바위는 정말 혓바닥처럼 평평하고 길게 하늘을 향해 있었다. 그런데 생각보다 꽤 넓었다. 네 명이 나란히 서서 올라갈 정도로 폭이 충분했다. 그리고 혀의 끝은 위로 살짝 올라와 있어서, 끝에 걸터앉아도 생각보다 아찔하지 않았다. 아, 이럴 줄 알았으면 스케이트보드를 가져올 걸 그랬나? 이 정도 너비와 경사도라면 충분히 해 볼 만한 거 같은데. 나는 트롤퉁가에서 멋진 사진을 건졌지만 내려오는 내내 이곳에서 영상을 찍지 못한 것이 몹시 아쉬웠다.

노르웨이에서 계획된 목표를 끝마친 나는 버스를 타고 유럽을 여행했다. 그런데 계속 마음에 걸리는 게 있었다. '아…, 트롤퉁가 위에서 달렸으면 정말 좋았을 텐데. 그러면 진짜로 끝내줬을 거야.' 나는 유럽의 아름다운 건물과 자연을 보면서도 그 생각을 떨쳐 낼 수가 없었다. 그리고 심지어는 세계 일주를 무사히 잘 마친다고 해도 이 일은 두고두고 후회할 거 같았다. 베를린 숙소 앞에서 맥주를 마시던 나는 깊은 고민에 빠졌다. 그냥 다시 노르웨이로 갈까? 마음이 원하는 것을 듣고 그것을 하기 위해서 떠나온 여행인데, 다시 트롤퉁가로 가는 게 맞지

않을까?

그러나 다시 노르웨이를 간다는 것은 여행 측면에서 보면 굉장히 비효율적인 일이었다. 추가적인 항공료가 발생할 뿐 아니라 다시 역방향으로 돌아가는 일이었기 때문이다. 그리고 노르웨이는 물가가 '헉!' 소리 날 정도로 높지 않았는가? 즉 다시 노르웨이로 간다는 것은 상대적으로 물가가 저렴한 몇 개의 나라를 포기한다는 것과 다름이 없었다.

아, 어떻게 하지? 어떻게 하면 좋을까? 여행 계획과 비용을 생각하니 쉽게 결론이 나지 않았다. 고민 끝에, 질문에 '나'를 포함시켜 보았다. 어떻게 하는 것이 나에게 좋은 걸까? 그렇게 생각하자 비로소 결론을 지을 수 있었다. 내 여행에 후회를 남기지 않기로. 일반적인 기준에서는 비효율적으로 보일지 몰라도 이건 나의 여행이었고, 이 여행의 목적은 '내가 행복한 것'이었다. 그러니 후회를 남기지 않는 것이 가장 좋은 여행을 하는 길이었다. 그렇게 해서 세계 일주를 못 한다고 해도 나에게 최선을 다했으니까 괜찮을 거 같았다. 그리고 이미 이렇게 여행을 하는 것 자체로 행운인데, 좀 못하면 어떤가. 나머지는 다음에 사랑하는 사람과 함께해도 되고.

나는 다시 노르웨이행 비행기를 예매했고 한 번 더 트롤퉁가로 향했다. 달라진 점은 숙소에서 만난 한국 자매와 함께한다는 것, 그리고 이전보다 날이 많이 풀려 있었다는 점이었다. 시작점에 도착한 우리는 구불구불한 도로를 타고 트롤퉁가 진입로를 향해 걸었다. 작곡을 전공한다는 지선이는 신이 나는지 몸과 손가락으로 리듬을 타며 춤을 추듯 걸었다.

세상 참 모를 일이다. 어쩌면 다시 못 올지도 모른다고 생각했는데, 이렇게나 빨리 오게 되다니. 지난번에는 몸이 불편한 일행을 챙기며 올라오느라 경치를 즐길 여유가 없었는데, 오늘은 그새 더 자란 풀과 꽃들이 눈에 들어왔다. 그리고 눈이 녹아서 그런지 한결 수월했고 우리는 서로의 사진을 남기며 그리 힘들지 않게 트롤퉁가에 도착했다.

오늘은 지난번보다 더 많은 사람들이 트롤퉁가로 내려가는 바위 앞 계단부터 줄을 서 있었다. 한참을 기다린 후에 나는 스케이트보드를 들고 다시 한번 트롤의 혀끝으로 다가갔다. 그리고 함께 온 자매에게 영상을 촬영해 달라고 신호를 보냈다.

하늘만 보이는 바위 끝에서 스케이트보드를 아래 방향으로 하고 다리를 올려놓았다. 그 모습을 보고 있던 사람들이 웅성대기 시작했다. 보드를 가지고 올라갈 때까지만 해도 진짜로 탈 거라고 생각은 못 했었나 보다. 아무리 서너 명은 다닐 수 있는 폭이라고 해도 아차 하면 700미터 아래로 추락이니까.

나는 호흡을 고르고 바닥을 살펴보았다. 여기저기 울퉁불퉁

한 면들이 있어 쉽지 않아 보였다. 보드 위에 왼발을 무겁게 올리고 땅을 지그시 눌렀다. 그리고 오른발로 땅을 구르며 그 발을 마저 보드 위에 올려놓았다. 스케이트보드의 진동을 줄이기 위해서 무게중심을 최대한 낮추고 바위 아래로 향했다.

덜덜덜덜거리며 달리던 보드의 앞바퀴가 돌부리에 살짝 걸렸다. 보드가 살짝 들리면서 내 몸이 휘청하고 흔들렸다. "꺄악!" 양발이 보드에서 떨어지며 몸이 기우뚱하자 여기저기서 놀란 비명이 들렸다. 그러나 멀리서 보기와 달리 아래쪽으로 갈수록 넓어져서, 바로 중심을 잡았다. 그리고 트롤의 혀 아래까지 무사히 미끄러져 내려왔다.

꼭 하고 싶었던 일을 마친 나는 기쁜 마음으로 자매가 있는 곳으로 향했다. 그리고 지선이가 찍어 준 영상을 확인했다. 그 안에는 트롤의 혀 위를 달리는 내 모습이 제대로 담겨 있었다. 이 모습은 그 어디에서도 보지 못한 내가 찾던 바로 그 장면이었다. 그제야 유럽 여행 내내 털어내지 못했던 찝찝한 마음이 사라졌고 활짝 웃을 수 있었다.

우리는 수고한 서로를 위해 맛있는 점심을 차려 먹고 서둘러 하산했다. 잘 내려가고 있는데 한 외국인이 내게 다가와 인사를 건넸다. "헤이, 크레이지 스케이트보더(Hey, crazy skateboarder)! 아까 봤는데 엄청 용기 있던데!" 고맙다는 인사를 하고 내려오는데 여러 사람이 나를 알아보고 멋졌다고 얘기해 주었다. 나는 그저 내가 하고 싶은 것을 했을 뿐이었기에, 예상치 못한 칭찬이 당황스러웠다. 어떻게 반응해야 좋을지 몰랐지만, 이상하게 미쳤다는 소리가 참 마음에 들었다. 지금껏 살면서 무언가에 미쳤다는 소리를 들어본 적이 없었는데, 오늘이 그 처음이었다. 그리고 내가 좋아하는 일로 누군가에게 강한 인상을 주었다는 게 짜릿해서 소름이 돋았다.

그 순간 이런 생각이 들었다. 어쩌면 내 삶을 계속 후회했던 이유가 지금의 기쁨과 관련이 있지 않을까? 솔직히 그동안 반복되는 포기에 나를 신뢰하지 못했다. 그래서 간혹 '내가 근성이 부족한가? 포기를 너무 잘하는 건 아닌 건가?'라는 생각에 마음이 편치 못했다. 그러나 오늘 확인한 나는 그런 사람이 아니었다. 내가 원하는 일에는 누가 시키지 않아도, 누가 알아주지 않아도 미쳤다는 얘기를 들을 때까지 에너지를 쏟아붓는 사람이었다. 나는 내가 생각한 것처럼 부족한 사람이 아니었다.

열심히 해도 계속 후회스러웠던 진짜 이유는 내 마음이 전혀 원하지 않는 일을 열심히 하려고 했기 때문이었다. 특히나 내 경우에는 좋아하지 않는 정도가 아니라 전혀 맞지 않는 일을 했으니 노력할수록 문제가 더 커졌다. 이건 마치 관심이 없는 여성과 결혼을 해서 어떻게든 사랑하려고 노력하는 것과 같았다.

이렇게까지 열심히 할 수 있는 내가 포기할 수밖에 없었다면 애초에 그 일에 문제가 있었던 것이었다. 그런 일은 진즉에 그만두고 다른 일을 찾아보는 것이 오히려 현명한 일이었다. 이렇게 생각이 정리되자 나는 그동안 나를 괴롭히던 생각에서 자유로워질 수 있었다. 그리고 이제야 나를 제대로 좋아할 수 있을 거 같았다.

마음을 따르는
사람들

노르웨이 스타방에르로 돌아온 나는 며칠간 아무것도 하지 않고 푹 쉬었다. 노숙과 장거리 이동으로 컨디션이 좋지 않았는데, 12시간 이상 걸었으니 지칠 만도 했다. 거의 대부분의 시간을 게스트하우스에서 자거나 그동안 보지 못했던 한국 TV 프로그램을 보면서 지냈다. 잘 자고 잘 먹으니 조금씩 기운이 났다.

아침에 발코니에서 밥을 먹는데 저 멀리 마음에 꼭 드는 풍경이 보였다. 작고 예쁜 주택들을 따라 오르는 길 중간에 넓고 큰 공원이 있었다. 그곳에서 돗자리를 펴고 누워 시내 전경을 바라보면 평온하고 기분 좋은 시간이 될 거 같았다. 설거지를 마친 나는 모처럼 숙소를 나서 시내를 걸었다.

더 이상 미루면 포기할 것 같아서

내가 마음에 담았던 그곳은 관광지가 아니고 주변에 건물도 없었기 때문에 마땅히 검색할 방법이 없었다. 그저 동네 산책하는 기분으로 그 방향을 향해 천천히 걸어갔다. 금방이겠지 했던 그곳은 눈으로 보이는 것보다 꽤 멀었다. 1시간 정도를 걸어 도착한 그곳에서는 생각했던 대로 스타방에르 전경이 한눈에 들어왔다. 막힘없는 하늘 아래 삼각형 모양의 알록달록한 지붕들과 푸른 바다가 조화를 이루어 예쁜 풍경을 그려내고 있었다. 그늘에 앉아 평화로운 경치를 바라보고 있으니 마음이 참 시원해졌다.

한참을 그곳에 있다 돌아와 쉬고 있는데 방문이 열리며 묵직한 배낭을 멘 여행자가 들어왔다. 그는 짧은 검은색 머리에 선글라스를 끼고 턱수염을 기르고 있었으나 나이가 많아 보이지는 않았다. 그는 내 반대편 2층 침대에 가방을 내려놓고는 영어로 반갑게 인사를 건넸다. 그는 나에게 어느 나라 사람이냐고 물었고 나는 한국 사람이라고 대답했다. 그러자 그는 그럴 줄 알았다며 약간 서툰 한국말로 더욱 반겨 주었다. 그의 이름은 '윤희'였는데, 여행하면서 한국말을 잘 쓰지 않아서 조금 어색하다고 했다. 얼마나 오래 여행을 하면 저럴 수 있나 싶기도 했지만 뭐 다 그럴만한 이유가 있겠지 싶었다.

저녁이 되자 여러 국가에서 온 여행자들이 일정을 마치고

방으로 돌아왔다. 나는 그들과 짧은 인사를 나누고 돌아누워 쉬고 있었다. 그런데 윤희 씨는 그들과 오래 본 사이처럼 친근하게 다가갔고 자연스럽게 영어로 농담을 주고받았다. 나는 흐트러진 모습을 보여 주고 싶지 않아서 항상 모자를 쓰고 다니고 외국인들을 만나면 왠지 주눅 들어서 쉽게 다가가지 못했다. 그런데 윤희 씨의 모습은 나와 너무나 대비되었다. 나는 그가 어떤 사람인지 궁금해서 같이 차를 마시자고 청했다. 그는 차 마시는 거 좋다며 콧노래를 부르며 반겼고 우리는 선선한 바람이 부는 발코니로 향했다.

"영어를 너무 자연스럽게 잘하는데 혹시 유학을 갔다 온 거예요?" 윤희 씨는 잘하는 게 아니라며 손을 절레절레 흔들었다. 자신은 대학을 간 적도 없고 그저 여행하면서 친구들과 어울리다 보니 간단히 대화할 수 있게 되었다고 했다. 다만 영어를 많이 쓰다 보니 가끔 한국말이 잘 생각이 안 난다고 쑥스러운 듯 웃었다.

얼마나 오래 여행을 했냐고 묻자 22살 때부터 했으니 이제 3년이 다 되어 간다고 했다. "우와! 3년이라니, 어떻게 그렇게 오래 여행할 수 있어요? 여행 자금은 어떻게 해결하죠?" 나는 너무 놀라고 궁금해서 실례가 될 수도 있는 질문을 나도 모르게 해 버렸다. 윤희 씨는 여행을 가고 싶은데 돈이 없어서 호주에서 워킹홀리데이를 하며 여행 자금을 마련했다고 했다. 그리고 지금은 돈이 떨어지면 그 나라에서 아르바이트를 하거나 또 다른 방법을 찾아서 여행을 이어가는 중이라고 했다. 나는 나보다 열 살도 넘게 차이 나는 친구가 하는 말에 완전히 빠져서 계속 질문을 쏟아냈다.

"윤희 씨, 아까 보니까 외국인들에게 스스럼없이 다가가던데 어떻게 그럴 수 있어요?"라고 묻자 그는 "사람은 다 똑같잖아요"라며 별일 아니라는 듯이 말했다. "처음 만나면 누구라도 어색하니까 제가 먼저 다가가서 밝게 인사하고 그러면 상대도 받아주고, 여행 온 친구들은 관심사도 비슷하니까 그것에 관해서 얘기하는 거죠."그의 말은 참 간단하고 쉽게 이해가 됐다. 나이로는 내가 훨씬 형이지만 그가 오히려 어른 같아서 그동안 궁금했던 것들을 질문했다. 그리고 이 친구와 좀 더 시간을 같이 보내고 싶었다. 그래서 내가 오늘 발견한 곳에 같이 가 보지 않겠냐고 물었다. 그는 내일 오후 2시에 공항으로 떠나야 하지만 그 전에 돌아올 수 있다면 괜찮다고 흔쾌히 수락했다.

다음 날 아침을 먹고 우리는 스타방에르 전경이 한눈에 들어오는 그곳을 향해 같이 걸었다. 윤희 씨는 나의 여행 얘기에 놀라고 나는 그의 여행에 감탄하며 걷다 보니 금세 목적지에 도착했다. 그는 돗자리를 깔기도 전에 풀밭에 대자로 눕더니 허벅지를 주물렀다. 오는 길이 조금 힘들었었나 보다. 나는 미안한 마음에 시원한 물을 건네면서 "조금 힘들었죠?"라고 물었다. 윤희 씨는 "피곤하지만 힘들지는 않아요"라고 말하고는 물을 시원하게 들이켰다. 와…, 피곤하지만 힘들지 않다니. 그의 말처럼 어떤 일을 능동적으로 할 때는 육체적으로 피곤해도 정신적으로는 힘들지 않을 수도 있었다. 나는 이제야 그 말을 조금 이해할 수 있게 되었는데 그는 별일 아니라는 듯이 가볍게 내뱉고 있었다. 내가 겨우 얻은 인생의 지혜를 완전히 체화시켜서 말하는 그에게서 인생의 깊은 연륜마저 느껴졌다.

　우리는 돗자리를 펴고 마트에서 사 온 빵과 음료를 꺼내 놓았다. 다행히 윤희 씨도 내가 추천한 이곳을 마음에 들어 했다. 그리고 어느새 조용히 이곳을 느끼고 있었다. 그는 잠시 뒤 구형 아이팟을 꺼내더니 자신이 연주한 재즈곡을 들어보지 않겠냐고 물었다. "재즈요? 윤희 씨는 재즈도 배웠어요?" 나는 진심으로 놀라서 물었다. 그는 프랑스 여행할 때 재즈가 배우고 싶어서 열심히 연습을 했다고 말하며 이어폰을 건네주었다. 둘이서 하얀 이어폰을 각자의 귀에 꽂고 플레이 버튼을 눌렀다. 맑고 또렷한 피아노 선율이 조용히 흘러나오기 시작하더니 화려했다가 조용해지기를 반복했다. 나는 음 하나하나에 더 집중하기 위해 이어폰을 손으로 눌러 귀에 더 밀착시켰다. 생각지도 못한 윤희 씨의 연주로 이곳이 더 아름답게 완성되고 있었다. 그는 배우고 싶은 게 많았고, 다음 나라에서는 영상에 대해서도 공부하고 싶다고 말했다.

즐겁게 얘기를 나누다 보니 벌써 12시가 훌쩍 넘어가 있었다. 그의 버스 시간에 맞추기 위해 우리는 자리를 정리하고 숙소로 향했다. 시간이 그리 넉넉하지 않은 거 같아 나는 초조했는데, 오히려 윤희 씨는 차분했다. 그러나 어느 순간부터는 빠른 걸음을 넘어 뛰어야 했고 나와 그의 옷은 땀으로 흠뻑 젖었다.

숙소에 도착한 그는 미리 싸 둔 배낭을 메고 다시 버스 정류장으로 달렸다. 우리는 간신히 출발 10분 전에 도착할 수 있었고, 서로 헥헥거리면서도 다행이라고 기뻐했다. 땀에 젖은 몸을 씻지도 못한 그에게 미안하다고 했더니 그는 이번에도 아무렇지 않게 대답했다. "여행은 이런 게 아니겠어요? 편하기만 한 여행은 오히려 재미가 없는걸요." 그러곤 또 가볍게 웃어넘긴다. 아니…, 너무 멋있잖아. 윤희 씨의 말과 행동은 상대를 감싸고 편안하게 만드는 특별함이 있었다. 나중에 아들을 낳으면 이렇게 키워야겠다는 생각이 절로 들었다. 마침 그 순간 공항으로 향하는 버스가 들어왔다. 그는 "여행 잘 하세요"라는 말을 남기고는 버스에 탑승했다. 그리고 유유히 또 다른 여행으로 떠나갔다.

한국에서 세계 일주를 꿈꿀 때는 이 일이 너무도 대단해 보이고 인생에 엄청난 영향을 미칠 거 같아서 최대한 많은 준비를 해야겠다고 생각했다. 영어 학원도 다녀야겠고 나만의 멋진 컨셉도 있어야겠고, 미래에 대한 대비책도 어느 정도는 마련해 놓고 가야겠다고 생각했다. 그렇게 생각하다 보니 떠날 엄두가 나지 않았다. 그리고 '나 같은 평범한 사람이 할 수 있을까'라는 의구심이 들어, 포기하고 다시 꿈꾸기를 반복했었다. 그런데 막상 세계로 나와 보니, 괜한 걱정이었다.

세계를 여행하는 한국 친구들을 쉽게 만날 수 있었고 내가 만난 대부분의 사람들은 나와 같은 평범한 사람들이었다. 호주 식당에서 번 돈으로 여행 중이었던 준철 씨, 여군을 전역한 뒤 한복을 입고 여행하던 혜인이, 더 많은 인생 경험을 하고 싶어 여행하던 석영 씨, 1년간 세계 일주가 하고 싶어서 휴학하고 떠나 온 민철이, 스물여덟의 나이에 벌써 30개국을 여행하고 폴란드에서 인턴으로 일하고 있던 석영 씨(남자), 작은 보조 가방 하나만 들고 다니며 벌써 2년을 여행했다는 스위스 멋쟁이 준구, 노르웨이에서 만난 여리기만 했던 새내기 대학생 자매까지. 나는 이런 친구들을 만나면서 세계 일주가 생각보다 어려운 일이 아닐지도 모르겠다고 생각하게 되었다.

하고자 하는 마음이 있거나 실천에 옮길 계기가 생겼다면 여행을 도와주는 정보는 넘쳐났다. 그리고 여행에 필요한 경비

더 이상 미루면 포기할 것 같아서

는 시간을 들여서 만들어 내면 되는 것이었다. 꿈이라는 것이 무턱대고 겁내거나 포기할 정도로 어렵지 않은 일이라는 것을 나보다 훨씬 어린 친구들을 통해 배울 수 있었다. 그리고 오늘 함께했던 윤희 씨처럼 평범했던 친구들이 여행을 통해 다양한 경험을 하고 스스로 자기가 좋아하는 것을 발견하면서 자신만의 색을 가진 매력적인 사람들로 변해가고 있다는 것을 알 수 있었다.

6

돌아온 현실, 막막한 앞날

어쩔 수 없는
현실

"여행 잘 하고 있어? 나 결혼해." 다음 여행지를 검색하던 중 갑작스러운 메시지에 깜짝 놀랐다. 누구지? 깜짝 놀라서 확인해 보니, 우리 쌍둥이 형이었다. 좋은 사람과 만나고 있다는 건 알고 있었지만, 이렇게 빨리 결혼할 줄이야. 나는 놀라고 기쁜 마음에 바로 답장을 했다.

— 진짜 잘 됐다. 얼마나 좋으면 이렇게 후다닥 하는 거야? 날도 잡고, 식장도 다 예약한 거야?
응. 다음 달에 식 올리기로 했어. 네게 여행이 얼마나 중요한지 아니까, 오라고 연락한 건 아니야. 그래도 알리긴 해야 할 거 같아서. 부담 갖지 말고! 남은 여행도 몸 건강히 즐겁게 해.

― 아니, 형제가 뭐 열 명 되는 것도 아니고. 달랑 우리 둘인데. 이렇게 기쁜 일에 안 간다는 게 말이 되냐? 결혼식 전에 맞춰서 들어갈게.

그래. 잘됐네. 그럼 네가 와서 사회 봐라.

― 무슨. 사회래.

쌍둥이니까 재밌잖아.

― 듣고 보니 그것도 그러네. 응, 알았어. 내가 들어가서 준비할게.

형의 배려와 달리 나는 전혀 고민되지 않았다. 세계 일주야 다시 이어 할 수 있지만, 형의 이번 결혼식은 한 번뿐이지 않은가. 그리고 이미 여행을 통해 행복을 잔뜩 충전해서 더 이상 여행에 대한 결핍이 없었다. 게다가 조금 늦춰지거나 변경되는 것쯤이야, 전혀 문제 될 게 없었다. 내가 하고 있는 여행 자체도 항상 그런 식이었으니까. 나는 침대에 편하게 누워 떠나온 한국을 그렸다. 행복해할 부모님과 형의 모습, 그리고 그동안 너무 먹고 싶었던 한국의 음식들이 아른거렸다.

며칠 뒤 한 번의 경유를 포함, 15시간을 이동해 서울에 도착했다. 오랜만에 온 한국에는 시원한 가을바람이 불고 있었다.

더 이상 미루면 포기할 것 같아서

익숙한 동네가 보일 때 즈음, 꾸욱 모처럼 만난 부저를 눌렀다. 버스에서 내려 골목으로 들어서니, 적색 벽돌로 치장된 부모님 집이 보였다. 정말 오랜만인데, 크게 달라진 것은 없었다. 1층 현관문을 열고 꽤 급하게 경사진 계단을 올랐다. 띠. 띠. 띠. 띠. 현관문의 비밀번호도 신발장에 들어 있는 신발들도 익숙한 그대로였다. 부모님은 저녁에나 돌아오실 거고, 내 방에 누워 낮잠 한번 자 볼까! 나는 방에 짐을 대충 놓고는, 마음 편안하게 단잠에 들었다.

저녁이 되자 온 가족이 모였다. 막내아들이 돌아왔다고 식탁은 반찬으로 가득 찼고 그동안의 얘기들로 정다웠다. 서로 자세히 묻진 않았지만, 표정과 웃음으로 알 수 있었다. 형의 사랑도, 그리고 나의 여행도 참 좋았다는 것을.

형의 결혼식까지 남은 시간 동안 정해진 일이라고는 없었다. 그동안 보고 싶었던 사람들을 만나고, 먹고 싶은 음식들을 찾아 먹었다. 못 봤던 영화나 예능도 실컷 봤다. 그렇게 잘 쉬는 사이에 형의 결혼식이 다가왔다.

긴장된 마음을 추스르고 목소리를 가다듬었다. 그리고 하객을 향해 말했다. "바쁘신 와중에도 귀한 시간을 내어 찾아와 주신, 내빈 여러분께 감사드립니다. 오늘은 저와 같은 날 태어난 쌍둥이 형이 아름다운 여인과 행복을 약속하는 날입니다. 이렇게 기쁜 날, 제가 형의 결혼식을 축하해 줄 수 있어서 너무 나 감격스럽습니다. 지금부터 제가 보아 온 그 어느 때보다도 멋진 신랑 염규성 군과, 설렘으로 가득할 사랑스러운 신부 전 현주 양의 결혼식을 시작하겠습니다." 당당하게 형이 입장했 고, 신부를 위해 정성스레 준비한 노래까지 불렀다. 밝은 표정 인 형수님의 얼굴이 발그레해졌다. 그렇게 행복한 결혼식을 마 친 형과 형수님은 신혼여행을 떠났다. 그리고 나는 다시 정해 진 것 없는 일상으로 돌아왔다.

멍하니 천장을 보며 생각에 잠겨 있는데, 어머니가 들어오 셨다. 나는 몸을 일으켜 어머니와 마주 앉았다. 어머니는 잠시 머뭇거리시더니 운을 떼셨다. "여행을 마저 하겠다면 네 의견 을 존중하겠다. 그런데 혹시 이제 좀 괜찮아졌다면 앞으로 할 일을 찾아보는 건 어떻겠니?" 실은 나 역시 어머니와 같은 생 각을 하던 중이었다.

지난 반년의 여행을 통해 정말 많은 것을 느꼈다. 그 과정을 통해 내가 확실하게 느낀 것은 두 가지였다. 하나는 내가 많이 행복해졌다는 것이고, 또 다른 하나는 여행도 삶의 연장선이라 는 것이었다. 처음 한국을 떠날 때만 해도, 달라짐을 기대했었 다. 세계를 여행하고 돌아오면 뭔가 대단한 사람이 되어 있지 않을까? 특별한 일이 생기지 않을까? 기대했었다. 그런데 막상

세계에 나가 보니, 나와 같은 여행자는 생각보다 훨씬 많았다. 그리고 이런 여행자들은 어떤 사람들일까 호기심을 불러일으켰지만, 그들 모두가 매력적인 사람은 아니었다. 세계를 여행하든 한국에서 지내든, 사람 자체는 그런 것과 상관없는 듯 보였다. 매력적인 사람이 매력적이고, 멋진 사람이 멋졌다. 나도 매력적인 사람이 되고 싶었다. 그리고 그런 사람이 되어, 사랑을 하며 행복하게 살고 싶었다. 그러나 지금의 나는 길을 잃었고, 무엇 하나 나만의 것이 없었다. 그래서 나는 여행을 지속해야 하는지, 아니면 마음을 담아 할 수 있는 일을 찾아야 하는지 고민하고 있던 참이었다.

어머니는 조심스럽게 다시 말을 이어 가셨다. "공무원을 준비해 보는 건 어떻겠니?" 나는 어머니께 저 역시도 앞으로의 일에 대해 고민하고 있었고 생각을 정리할 시간이 필요하다고 말씀드렸다.

나는 앞으로 무엇을 하며 먹고 살아야 할까? 막막했다. 누워서 고민한다고 해결될 일도 아니고, 어느 정도 뻔한 이야기기도 했다. 여행 전에도 경력이 단절돼서 어려움을 겪어 본 적이 있었고, 그렇게 바닥까지 떨어지고 나서야 도망치듯 떠났던 나였다. 게다가 지금은 오히려 그때보다도 사정이 더 좋지 않았다. 아마도 어머니는 그런 내 사정을 잘 알고 있어서 공무원을

더 이상 미루면 포기할 것 같아서

추천하셨을 것이다.

나는 여행을 통해 하고 싶은 일을 하는 것이 너무나 중요하다는 것을 알게 됐지만 도무지 시도할 엄두가 나지 않았다. 그리고 내가 원하는 걸 할 수 있도록 기회를 달라고 말할 염치는 더더욱 없었다. 여행과 현실이 다르지 않다는 것을 수도 없이 느꼈으면서도 나는 금세 현실과 여행은 엄연히 다른 거라고 말하고 있었다.

행복했지만 고달프고 외롭기도 한 여행으로 나는 많이 지쳐 있었고 한 박자 쉬어갔으면 싶었다. 그런 상황에서 부모님이 말해 준 대안은 참 달콤했다. 그 말은 내가 현실을 극복하지 않아도 되는 좋은 이유가 되어 주었다. 그리고 공무원이 되기만 한다면 한꺼번에 내가 원하는 것들을 다 이룰 수 있을 거 같았다. 번듯한 직장과 사랑하는 아내, 그리고 안정적인 삶까지. 나는 선택의 도리가 없다며 금방 모든 상황을 정리했다. 그리고 더 이상 고민하지 않고 한 번 더 하고 싶은 일을 뒤로 미루었다.

여행과 시험의
관계

채 1년이 되지 않아서 공무원 시험에 합격할 수 있었다. 찍은 문제도 잘 맞았고, 장애인 전형이라 경쟁률도 그다지 높지 않았다. 게다가 이번 수험 기간은 여행에서 배운 것들을 잘 활용했고, 덕분에 크게 어렵거나 우울하지 않았다. 그리고 예전처럼 맹목적이지도 않아서, 때때로 즐거움을 발견할 수도 있었다. 그렇게 공부하다 보니 문득 이런 생각이 들었다. '수험 공부와 여행은 참 닮은 점이 많구나.'

여행이 공부에 가장 큰 도움을 준 부분은 문제를 해결하는 태도였다. 세계 일주! 듣기엔 멋있지만, 실제로 해 보니 녹록지 않았다. 별의별 사기를 다 당해 봤고, 프로 노숙러가 돼 보기도 했다. 그리고 살다 살다, 불곰 같은 외국 경찰들에게 붙잡혀 가기까지 했었다. 그렇게 여행을 하면서 크게 느꼈던 점이 두 가지가 있었다. 첫 번째는 아무것도 하지 않으면 아무런 일도 생기지 않는다는 것, 그리고 두 번째는 아름다운 것을 보기 위해서는 그 아름다운 만큼의 어려움이 따른다는 것이었다.

여행지를 옮길 때마다 머리가 안 되면 몸으로, 말이 안 되면 몸짓으로라도 최적의 교통편을 찾아야 했다. 그리고 가격이 싸면 쌀수록 그만큼의 힘듦을 감내해야 했다. 마치 파키스탄에서 24시간 30분을 탄 버스처럼. 그리고 쉽게 볼 수 없는 절경을 보기 위해서는 녹색 이끼가 낀 바위를 묵묵히 밟고 올라가야 했다. 그렇게 해서야 모든 감각이 압도되는 트롤퉁가를 만날 수 있었다.

시험지에 글자로 적힌 문제가 있다면, 세계를 여행하는 것은 매 순간이 문제였다. 대신 해결해 줄 사람이 없으니 스스로 해결해야만 했다. 그렇게 크고 작은 성공의 경험을 통해서 여행을 이어 나갔다. 여행 내내 이런 상황이 반복되면서 문제 해결을 위한 사고 회로가 뇌에서 강화되었다. 그러면서 목표를 이루는 과정에서 발생하는 문제를 해결해 낼 수 있다는 자신감이 생겼다. 시간은 걸리겠지만 방법을 찾아낼 거라고 생각했고 그 생각을 의심하지 않았다. 그래서 공부가 힘들 때면 습관

더 이상 미루면 포기할 것 같아서

처럼 중얼거렸다. "나는 또 다른 여행을 하고 있는 거야. 지금 어려워 보여도, 분명 방법이 있을 거야. 세계를 여행할 때도 늘 그런 식으로 헤쳐 나갔잖아. 그러니까 너무 걱정하지 말자!" 이렇게 말하고 나면 마음이 한결 편해졌다. 그리고 자신감이 샘솟았다.

여행의 경험은 공부에 집중할 수 있는 최적의 장소를 찾게 도 해 주었다. 공무원 수험을 시작하고 처음 한 달은 공부에 집중하기가 어려웠다. 집에서 동영상 강의를 시청하고 있으면 계속 잠이 왔다. 누가 보는 사람도 없으니, 10분만 하고 방에 자연스레 눕는다. 몸을 쓰는 것도 아닌데, 왜 이렇게 피곤한 건지. 누우니까 살 거 같았다. '5분만 더, 3분만 더' 하다 보면 벌써 몇 시간이 지나 있었다. 게다가 낮에 푹 잔 터라 밤에 잠이 오질 않았다. 새벽에 멀뚱멀뚱 스마트폰을 보다 보면 여지없이 늦잠을 자게 됐고, 이거야말로 악순환의 뫼비우스 띠였다. 이래서 어떻게 합격하겠는가? 변화가 절실했다.

이번에는 시립 도서관으로 향했다. 이른 아침부터 많은 수험생이 각자의 공부를 시작하고 있었다. 공부하는 무리 안에 있으니, 확실히 나 자신을 컨트롤하는 데 도움이 됐다. 쉬고 싶다가도 열심히 공부하는 옆 사람을 보면 좀 더 자리에 앉아 있게 되었다. 그런데 공공시설의 특성상 사물함과 같은 편의 시설에 한계가 있었다. 한번 예약하면 3개월을 사용할 수 있는데, 나는 신청까지 두 달 이상을 기다려야 했다. 매일 같이 두꺼운 수험서와 태블릿, 도시락, 충전기 등을 가지고 걸어 다니는데, 그것만으로도 녹초가 되었다. 그리고 어쩌다 필요한 게 생기면 차편도 별로 없는 동네라서 그날 공부를 망치기 일쑤였다. 그래서 이번에는 사립 독서실로 가 봤다. 개별 사물함에 칸막이 책상까지 설치되어 있었다. 시설은 공부하기에 불편함이 없었다. 그런데 이번에는 생각지도 못한 부분이 문제가 되었다. 조용해도 너무 조용했다. 연필 소리 내는 것마저 눈치 보일 정도로 조용했다. 책장을 넘길 때도 두 손가락으로 집어, 천천히 내려놓아야 할 거 같았다. 나는 동영상 강의를 보느라 키보드를 사용했는데, 틱틱 소리가 나는 것을 신경 쓰는 게 오히려 신경 쓰였다. 책도 팍팍 넘기고, 키보드도 파바박 치면서 몰입하고 싶은데, 조심하면서 공부하니 맥이 딱딱 끊겼다.

'내가 유별난 걸까? 그냥 적응해야 하나?' 고민하다가 그러지 않기로 했다. 여행할 때처럼 포기하지 말고, 내가 원하는 곳을 끝까지 찾아보기로 했다. 그래서 몇 군데의 도서관과 사립 독서실을 더 방문했다. 그러던 중에 독서실 한 공간을 카페처럼 꾸며 놓은 곳을 발견했다. 따뜻하고 아늑한 조명에 넓은 책상, 그리고 어쿠스틱한 음악이 그 공간을 채우고 있었다. 그래서 책을 넘기거나 키보드를 쳐도 소음이 음악에 자연스레 묻혔다. 게다가 넓은 사물함도 있고, 집에서도 가까웠다. 물론 다른 곳보다 가격을 더 지불해야 했지만 이동하는 시간과 노력을 줄일 수 있었다.

원하는 장소를 찾고 나니, 공부에 재미가 붙기 시작했다. 유리로 된 문을 열고 들어가는 순간, 시큼 고소한 커피 향이 정신을 깨워 주었다. 넓은 책상에 수험서와 태블릿까지 보기 좋게 세팅했다. 볼펜을 잡으면 공부할 맛이 났다. 그 어떤 것도 신경 쓰지 않고 줄도 시원스레 그었다. 동영상 강의도 편하게 앞뒤로 돌리니 공부에 속도감이 더 붙었다. 그러다 지치면 그 공간 안에 준비된 다양한 차를 마시면서 휴식을 취했다.

마치 타지마할을 앞에 두고 블랙 타지마할로 향했던 때와 같았다. 타지마할이 내 마음을 불편하게 하면 그럴 만한 이유가 있을 거라고 생각했다. 그것이 아무리 유명하다고 해도 그것을 나의 잘못으로 돌리고 싶지 않았다. 사람이 어떻게 다 똑같겠는가? 나는 다르게 느낄 수도 있는 거지. 그래서 내 마음이 편한 곳을 찾아냈고, 타지마할을 진심을 다해 감상할 수 있었다. 이번에도 나는 나를 탓하지 않았고, 억지로 적응시키지도 않았다. 발품을 팔아야 했지만 결국 나에게 맞는 공부 환경을 찾을 수 있었다. 그래서 수험 기간을 좀 더 효율적으로 보낼 수 있었고, 시간도 단축할 수 있었다.

여행의 경험은 수험 기간 동안 즐거움 또한 잃지 않게 해 주었다. 파키스탄부터 리투아니아, 스위스와 독일 등 다양한 나라를 거치면서 내가 한 일은 즐거움을 찾는 것이었다. 여행을 하는 동안 나는 오직 그 일에만 몰두했다. 밥을 먹다가도, 길을 걷다가도, 마치 탐정처럼 즐길거리를 찾았다. 따뜻한 말을 쓰는 그녀에게 산책하자고 할까? 다시 노르웨이로 돌아가서 벼랑 끝에 오를까? 그냥 오늘은 햇살을 맞으면서 침대에 누워 있을까? 이처럼 여행의 방향을 결정하는 것은 내 마음이었다.

내 마음의 소리를 듣기 위해 부단히 노력했다. 잘 들리지 않으면 '나는 지금 무엇을 느끼고 있는가?'에 대해 끝까지 물었다. 그래서 나는 이전보다 훨씬 생생하고 예민한 사람이 되어 있었다. 그러다 보니 똑같은 날들과 시간 속에서도, 더 많은 것을 보고 느낄 수가 있었다. 가령 같은 골목을 지나가도, 나는 그 안에서 즐거움과 웃음을 발견할 수 있었다. 그래서 나는 같은 일정이 반복되는 수험 기간 중에도 자주 감탄하고 웃을 수 있었다.

투둑, 투두둑, 투둑…. 비가 내리는 날이면 커피를 들고 옥상으로 올라간다. 그리고 얇은 슬레이트로 지붕을 덮은 간이 휴게실에서 비를 바라본다. '퐁' 하고 착지한 빗방울들 때문에 의자에 앉을 수는 없었지만, 그래도 기분이 좋았다. 머그컵을 감

싸 쥔 따뜻함과 시원하게 내리는 비가 너무나 적절하게 어울린다. 길어야 10분이지만 이런 순간을 발견하고 나면 지친 마음이 충전되었다.

눈이 오던 어떤 날, 차 한 대 겨우 지나갈 좁은 길목에서 강아지들이 짖어 대고 있었다. '아이고, 녀석들 오늘도 시작이네.' 매일 지나가며 보는 녀석들인데, 나를 보면 그렇게 반갑다고 난리다. 작은 울타리 안에 백구와 누렁이가 같이 있는데, 아직 애기애기했다. 독서실을 바로 앞에 두고 이 녀석들에게 인사하면 점프를 하고 정신없이 꼬리를 흔든다. 너무 귀엽고 고마워서 사진을 찰칵 찍었다. 그리고 잘 담겼나 보는데, 나도 모르게 빵 터져 버렸다. 누렁이가 울타리에 기대서 나를 바라보는데, 백구가 점프하며 그 얼굴을 발로 짓눌렀다. 구겨진 누렁이 얼굴이 세상 억울한 표정이다. 그 모습을 보고 한참 깔깔거리니, 하루가 이미 즐거웠다.

더 이상 미루면 포기할 것 같아서

효율보다
필요했던 것

어떻게 하면 하루라도 빨리 합격할 수 있을까? 더 좋은 방법은 없을까? 늦은 나이에 공부를 시작한 나는 항상 마음이 조급했다. 그래서 인터넷 카페에 들어가서 공부 방법을 열심히 찾았다. 거기에는 정말 많은 공부 법이 있었다. 그 글을 읽다 보면 시간이 훅훅 지나갔고 내가 하는 방법이 맞나 싶어서 불안해졌다. 그래서 초반에는 여러 공부 방법을 따라하며 최대한 효율을 높이는 데 집중했다. 그러나 우연한 사건을 접한 뒤로 공부 방법이 아닌 공부 자체에 집중하기 시작했고 자연스럽게 나에게 맞는 공부 법을 찾을 수가 있었다.

매일 아침 독서실에 도착하면 왼쪽 구석에, 이미 자리를 잡고 공부 중인 여성이 있었다. 옆에 잔뜩 쌓여 있는 책을 보니, 나와 같은 공무원을 준비하고 있었다. 그분은 어디서 골랐는지 멋과는 전혀 상관없어 보이는 동글납작한 모자를 늘 눌러 쓰고 있었다. 그리고 긴 머리를 대충 묶어 뒤로 늘어뜨렸다. 항상 작은 얼굴에는 동그란 안경이 가득 차 있었고, 검정 츄리닝 바지 차림이었다. 그리고 찬 바람을 막아 줄, 한 사이즈 이상 큰, 펑퍼짐한 외투를 걸치고 있었다. 그분은 항상 자리와 하나가 된 듯, 상체를 앞으로 기울이고 공부만 했다. 하도 안 움직이고 그 자세를 유지해서 보는 내가 다 목이 아플 지경이었다. 그분은 하루에 두 번 정도 쉬었는데, 점심을 먹을 때와 오후 10분 정도의 낮잠이 전부였다. 나는 열심히 공부하는 그 친구가 대단하다고 생각했지만, 효율도 중요하다고 생각했다. 그래서 일정한 간격으로 잘 쉬어 주고, 11시가 되면, 내일을 위해서 '땡' 하고 집으로 향했다.

그런데 어느 날 그 여성분이 있어야 할 자리에 처음 보는 사람이 앉아 있었다. 이미 도착해서 공부를 하고 있어야 할 그분이 보이지 않아서 무슨 일이 있나 싶었다. 그렇지만 금세 새로운 분에게 관심이 쏠렸다. 윤기가 흐르는 긴 생머리에, 맵시 있는 검정 원피스를 입은 그분은 날씬하고 예뻤다. 우리 독서실에 저런 분도 있었나 싶었다. 그러나 자세히 보니 내가 알던 얼굴이었다. 매일 같이 꾸미는 것과 담 쌓은 듯 공부만 하던 그 여성분이었다. 오… 이럴 수가. 안경을 벗고 살짝 화장을 하니 분위기가 전혀 달랐다. 그 여성분은 평소와는 전혀 다른 모습으로 1시간 정도 공부를 하다가 걸려온 전화를 받고는 독서실을 나갔다.

그 여성분이 나가고 나는 잠시 멍해졌다. 방금 그 여성분이 내가 매일 아침에 보던 그 사람이라는 게 믿기지 않았다. 한 사람이 저렇게 다를 수 있다는 사실이 놀라웠다. 친구 하나 없는 것처럼 누구와 연락도 하지 않고 꾸미지도 않던 모습 속에 저렇게 예쁘고 발랄한 모습이 있었다니, 상상조차 하지 못했다. 오늘 새로운 모습을 보고서야 펑퍼짐한 외투와 모자로 아름다운 청춘의 욕구를 가려내고 있었다는 것을 알게 되었다.

저분의 마음을 조금은 알 것 같았다. 저분 역시도 얼마나 꾸미고 싶었을까? 당장이라도 자리에서 벗어나, 친구들과 수다 떨고 싶지 않았을까? 그런데도 그 여성분은 정말 그분이 맞나 싶을 정도로 공부에 몰두하고 있었다. 그런데 내 모습은 그렇지가 않았다. 똑같은 공부를 하는데, 하루를 임하는 성실함의 정도가 너무 달랐다. 그분은 하루에 더할 수 없을 만큼 성실하게 공부하는데, 나는 매일매일 여유를 남겨 두고 있었다. 그리고 공부를 할 시간에 효율적인 방법을 찾으려 애쓰고 있었다.

이렇게 해서는 안 되겠다는 생각이 들었다. 그래서 쉬는 날

더 이상 미루면 포기할 것 같아서

을 제외하고는 그분보다 먼저 나와서 늦게 가겠다고 결심했다. 항상 조금씩 여유를 부리다가 오픈 시간보다 10분씩 늦곤 했는데, 조금 서둘러서 10분 전에 도착했다. 일찍 와도 독서실은 이미 준비가 다 되어 있어서 바로 공부를 시작할 수 있었다. 그리고 아무리 공부가 하고 싶지 않아도 그 여성분이 가기 전에는 일어나지 않았다. 어떤 날은 속으로 어서 빨리 가 주기를 바라며 버틴 날도 있었다. 다행스럽게도 나는 그 여성분 덕분에 공부에 몰두할 수 있었다. 그리고 언제나 그랬듯 하루하루는 느리게 느껴져도 목표로 하는 순간은 금세 다가왔다. 나는 긴장감 속에 시험을 치렀고 정말 운이 좋아서 합격할 수 있었다.

7

신규 공무원으로서의 삶

나이는 아무런
문제가 되지 않았어

처음에 공무원을 준비할 때 가장 걱정된 것은 나이였다. 공부는 내가 열심히 하면 되는 것인데, 나이는 어떻게 해 볼 도리가 없었다. 분명 모집 요강에는 18세 이상이면 누구나 응시할 수 있다고 적혀 있는데, 자꾸만 불안했다. 그리고 자주 들어가는 카페에서 '지금 서른인데 공무원 시험을 준비하는 게 너무 늦은 거 아닐까요?' 이런 글을 보면 더 늦게 시작한 나는 걱정이 더 커졌다. 아마도 예전에 취업에서 거절당했던 경험들 때문에 더 그랬던 거 같다.

　일반 사기업에서는 나이 많은 신입을 원하는 경우가 거의 없었다. 그래서 별의별 생각이 다 들었다. 만약에 필기에 합격

한다고 해도 면접에서 불이익을 받지 않을까? 그리고 합격한 후에는 적지 않은 나이 때문에 사람들과의 관계가 어렵지 않을까? 나는 공부를 시작하기도 전에 벌써 합격 이후까지 걱정하고 있었다. 그런데 공무원으로서 1년이 다 되어 가는 지금 돌이켜 보면 시험을 준비하거나 공무원으로서 생활하는 그 어느 쪽에서도 나이는 정말 아무런 문제가 되지 않았다. 그때 내가 했던 고민들은 정말 사서 하는 걱정이었다. 나이가 적으면 적은 대로 많으면 많은 대로 다 장단점이 있었고 그것을 잘 활용하면 그만이었다.

홈페이지에 필기시험 합격자 명단이 올라왔다. 전혀 기대도 안 하고 있었는데 정말 운 좋게도 거기에 내 이름이 있었다. 나는 도무지 믿기지 않아서 몇 번이고 다시 내 이름이 맞는지 확인했다. 분명 내 이름이 맞았고 나는 얼떨떨한 상태로 면접 시행 계획 공고문을 읽어 나갔다. 약 20일 후에 교육연수원에서 면접이 있다고 적혀 있었다. 아직 완전히 좋아할 때는 아니었다. 나는 바로 수험생들이 모여 있는 카페로 들어가서 면접 스터디를 검색했다. 공고문이 뜬 지 얼마 되지 않았는데도 스터디를 모집하는 글이 주르륵 올라왔다.

나는 노량진에서 진행하는 스터디에 참여해 같은 지역 필기 합격자들과 면접을 준비했다. 그런데 같이 스터디를 하는 친구들을 만나니까 확실히 내가 나이가 많다는 게 실감이 났다. 스터디 멤버 중 가장 어린 친구는 나와 열 살 이상 차이가 났다. 그렇게 어리고 생기 넘치는 친구들을 보다 보니 조금 불안해졌다. 과연 면접에 붙을 수 있을까? 내가 면접관이라면 나를 뽑을까? 분명 나이 제한이 없다는 걸 알고 있으면서도 계속 불안했다. 그런 와중에 시간은 빠르게 흘렀고 어느새 나는 면접장에 와 있었다.

불안한 마음에 지정된 시간보다 일찍 도착해서 예상 질문을 공부했다. 잠시 후 면접장의 문이 닫히고 한 사람씩 차례로 면접이 시작됐다. "염규영 선생님 준비하세요." 나는 복장을 다시 점검하고 면접관님들이 계신 방문에 노크를 했다. "들어오세요." 큰 방에는 내가 앉을 의자가 하나 있었고 2미터 정도 앞에 세 분의 면접관님이 있었다. 다행히 준비했던 부분에서 두 문제가 나왔고 마지막 질문은 상식선에서 대답할 수 있었다. 꼭 필요한 질문과 대답만이 오갔다. 그리고 걱정한 것과 다르게 나이나 학력 등에 대한 언급이나 질문은 전혀 나오지 않았다.

다행스럽게 면접까지 합격한 나는 200여 명이 넘는 동기들과 2주간의 집합 교육을 받았다. 그곳에서 기본적인 업무에 대한 설명도 듣고 게임도 하면서 동기들과 친해질 수 있었다. 그런데 나보다 나이가 많은 사람은 손에 꼽을 정도였다. 대부분 30대 미만이었고, 20대 초반인 친구들도 많았다. 나이 차가 너무 많이 나다 보니 어떻게 친해져야 하나 걱정이 됐다. 그런데 이번에도 내 우려와 다르게 어울리는 데 나이는 크게 문제가 되지 않았다. 모두와 친해질 순 없지만 나와 맞는 사람들이 있었고 그들과 자주 만나게 됐다. 그리고 그런 사람들은 늦은 나이에 공무원 시험을 보게 된 이유를 궁금해하기도 했고, 내가 겪은 다양한 경험을 부러워하기도 했다.

여러 동기 중에서도 의지하고 친하게 지내는 동생이 있는데 나보다 한 살 어린 석순이다. 생긴 것도 듬직하고 의젓한데 정도 넘치는 녀석이다. 가끔은 뜬금없이 전화해서 "형, 뭐 하세요?"라고 묻고는 "가운데서 만나시죠"라고 한다. 뭔가 싶어서 나가 보면, 서울에서 맛있는 맥주를 사 왔다며 벤치에 늘어놓는다. 그러면 우리가 있는 자리가 곧 한강이 되어 서로 신나게 얘기를 주고받았다.

가끔 어려운 업무가 생겨서 현준이에게 찾아간다고 하면, 그 친구는 흔쾌히 오케이한다. 나는 하는 방법만 물어보려고 했는데, 마치 제 일인 것처럼 진도를 빼고 있다. 내가 미안해서 "야, 너도 바빠서 남아 있는 건데, 방법만 알려줘. 내가 할게"라고 말하면 "형, 저는 이미 해 봤잖아요. 제가 하면 금방 해요"라며 어느새 그 일을 끝내 버린다. 나이가 많아서 동기들과 잘 지낼 수 있을까 하는 생각은 이렇게 좋은 동기들 덕분에 쓸데없는 걱정이 되어 버렸다.

더 이상 미루면 포기할 것 같아서

일을 하면서도 내 나이는 걱정한 것과 다르게 오히려 장점이 많았다. 우선 실장님과 여섯 살 차이밖에 나지 않아서 우리 둘 다 7080세대였다. 거의 비슷한 음악을 듣고 게임을 하며 자라서 서로 할 얘기가 많았다. 그래서 회식을 하면 실장님과 PC방에 가서 스타크래프트를 같이 했다. 매번 내가 패해서 분해했고 그러면 실장님이 놀리는 패턴이었다. 그렇게 한 번을 안 봐줘서 야속하긴 했지만 술만 진탕 먹는 것보다 훨씬 재미있었다. 그러다 보니 확실히 가까워졌고, 서로가 어떤 사람인지 알게 되어 일하는 것도 수월해졌다. 이건 비단 나만의 얘기가 아니었고 나와 비슷한 또래의 동기들은 실장님과 같이 수영도 다니고 주에 몇 차례씩 술잔을 나눌 정도로 좋은 관계를 맺고 있었다.

업무에서도 도움이 되는 부분이 많았다. 하루는 학교에 갑작스러운 행사가 생겨서 제초 작업을 해야 했다. 보통 때는 업체를 불러서 진행하지만, 작업 부위도 넓지 않았고 업체도 다른 사정으로 바빴다. 나는 군대에서 예초기를 여러 번 돌려 봤기 때문에 실장님과 함께 작업을 했고 깔끔하게 정리된 상태로 행사를 진행할 수 있었다. 교장 선생님께서 수고했다고 하는데 실장님은 "염 계장이 한번 시작하면 끝을 보는 성격이라 서요"라며 나를 칭찬하고, 나는 "실장님이 먼저 시범을 보이고 같이 해 주셔서 그렇죠"라며 실장님에게 공을 돌렸다. 이런 일 외에도 거래처와의 업무 처리에서도 지금의 나이가 되도록 쌓아 온 경험은 여러모로 큰 도움이 되었다.

　물론 아주 가끔 내 나이 때문에 난감한 경우도 있었다. 나이 차가 너무 많이 나는 여 동기들이 나를 어떻게 불러야 할지 몰라 했다. '오빠'라고 부르기도 그렇고 다르게 부르자니 마땅한 말이 없고. 그런데 그 문제는 어느 동기가 '어르신'이라고 부르면서 아주 깔끔하게 해결됐다. 정말 나이 때문에 골치 아픈 건 이 정도였다. 저마다 다르겠지만 어린 나이에 임용된 친구도 나처럼 늦게 들어온 사람도 각자의 방법대로 다들 잘 적응하고 있었다.

공무원으로서의
방향과 속도

"예? 7시 30까지 출근하라고요?" 나는 긴장해서 잘못 들었을
거라고 생각해서 다시 한번 물어보았다. "9시까지 출근하는 거
아닌가요?" 그 말을 들은 선임은 친절하게 내게 말해 주었다.
"예. 출근은 9시가 맞는데요. 7시 30분까지 나오시면 돼요."

하⋯. 7시 30분이라니⋯. 가만 보자⋯. 아까 올 때 차 타고 1
시간 정도 걸렸으니까, 적어도 6시 30분에는 출발해야겠구나.
그러면 아무리 늦어도 6시에는 일어나야 하고. 아⋯, 이런⋯. 3
개월 동안 고생길이 훤하네. 나는 근무지를 나서며 나지막하게
한숨을 내뱉었다. 나는 합격을 하고 정식으로 발령받기 전에
다른 기관에서 3개월간 수습으로 일하게 됐다. 그래서 출근 전

에 업무 설명을 들으러 왔던 건데 시작도 전에 벌써 지치는 거 같았다. 그리고 걱정되는 수습 생활은 바로 다음 주부터 시작되었다.

나는 아침부터 바지런을 떨어서 겨우 그 시간에 맞춰 도착했다. 내게 일찍 나오라고 했던 선임도 이미 나와서 근무 준비를 하고 있었다. 그 기관 사람들은 정신없이 바빴다. 사람은 하나인데, 맡고 있는 업무의 수와 양이 많아서 초과 근무를 달고 살았다. 특히 내가 수습으로 일하고 있는 과는 정기적으로 굵직한 이벤트가 있었는데, 기한을 엄수해야 했다. 그리고 한 번의 실수가 한 사람의 인생을 좌지우지할 수 있는 일이었기 때문에 모든 일은 여러 번의 검토를 거쳤다.

일을 잘 모르는 내가 봐도 한 사람의 공무원이 처리하는 업무량과 책임이 상당했다. 그리고 각자 업무에 책임을 지고 있었기 때문에 누가 대신해 줄 수도 없었다. 상황이 이렇다 보니 퇴근 시간이 됐다고 편하게 집에 갈 수가 없었다. 게다가 주말에도 중요한 일정들이 있어서 출근해야 하는 경우도 많았다. 공무원은 '워라밸 워라밸' 하길래 편한 줄 알았는데, 이곳의 모습은 완전히 반대였다.

일한 지 얼마되지 않아 수습 생활 첫 회식이 잡혔다. 평소 술을 잘 안 마시는 나는 선임께 살짝 물어보았다. "회식 때 술은 꼭 안 마셔도 되죠?"그러자 "함께 하는 자리니까 마시면 좋겠죠?"라는 뻔한 답변이 돌아왔다. 그래도 차 때문에 마실 수가 없다고 하면 더는 권유 못 하겠지 싶어서 다시 한번 운을 띄웠다. "제가 차를 가져와서요." 그러자 선임은 별일 아니라는 듯이 "10시에 시내로 가는 마지막 기차 있으니까 그거 타요. 차는 역까지 대리해서 가져가고요" 했다. 그 선임은 원하지도 않는 걸 참 자세히도 안내해 주었다.

아…. 술을 마시기 위해 대리에 기차비에 그리고 내일 아침 택시비까지. 이렇게까지 해서 술을 마셔야 하는 건가? 게다가 난 9급 공무원보다 월급도 적은 수습인데. 울며 겨자 먹기로 회식에 가서 선배님들이 주는 술을 받아 마셨다. 합격을 축하한다면서 따라 주는데 참 거절하기가 힘들었다. 게다가 내가 드리려고 하면 조금만 따르라 하고 나에게는 넘치게 주는 통에 혼자서 소주 두 병을 넘게 비웠다. 그렇게 억지로 마시는 사이에 밤이 깊었고 이미 기차는 끊어졌다.

자리는 2, 3차로 넘어갔고 나는 한 선임과 함께 읍에 있는 찜질방에 들어갔다. 그는 자기 전에 딱 한 잔만 더 하자면서 매점에서 맥주를 사 왔다. 그러더니 붙임성도 좋게 옆 테이블에서 혼술 하시던 아주머니께 안주까지 받아 왔다. 그렇게 한잔을 더 하고 나서야 길었던 술자리가 겨우 끝이 났다. 몇 시간이나 잤을까? 영 개운치 않은 몸을 일으켜 샤워를 하고 찜질방을 나섰다.

　이른 아침에 택시를 타고 선임이 자주 들른다는 콩나물 해장국 집으로 갔다. 욱, 이런…. 또다시 욱. 어제 얼마나 마셨는지 국물 한 숟가락도 넘기지를 못했다. 내 앞자리 선임은 먹어야 산다면서 들이키듯 해장국을 넘겼다.

　내가 어제 얼마나 고단했는지 아는지 모르는지 하루는 똑같이 시작되고 업무들이 주어졌다. 나야 수습이라 간단히 시키는 일만 하지만 어제 나와 함께한 선임은 아침부터 정신이 없었다. 여기저기 뛰어다니고 전화하고, 그러다가 머리가 아프다고 하고. 그러면서도 모니터를 뚫어져라 보면서 타자를 치고, 부서 사람들에게 큰 목소리로 업무 공유도 했다. 어젯밤을 함께하지 않았더라면 나는 그 선임이 술을 마셨다는 사실을 믿지 못했을 거 같았다. 오후에는 상관이 출장 가는 길에 자기가 모시지 않으면 안 된다고 부득불 모시고 다녀왔다. 그리고 금세 사무실에 들어와서 누군가와 쩌렁쩌렁 웃으며 통화를 했다. 그 선임은 쌩쌩하게 일하는데 이상하게 보고 있는 내가 다 힘들었다.

　그런 일이 있고 얼마 후에 한 팀장님께서 수습 동기들에게 차를 사 주셨다. 일은 할 만한지, 어려운 점은 없는지 얘기하고, 우리가 궁금한 것들을 팀장님께 묻기도 했다. 팀장님은 자신이 하는 일에 자부심이 많으셨고 우리에게도 열심히 하라고 격려하셨다. 그러면서 자신의 얘기를 들려주셨다. 본인이 있는 팀은 업무가 많아서 일주일에 딱 하루만 쉰다면서 자신은 그런 생활을 몇 년째 이어오고 있다고 하셨다. 금요일 날 저녁 늦게 퇴근해서 토요일 하루 쉬고 일요일 아침부터 출근. 팀장님은 그런 생활을 자랑스럽게 말씀하셨고 듣는 나는 숨이 막혔다. 고된 업무에도 지지치 않고 해내는 그분들의 모습은 마치 악당에게 공격을 당해도 절대 쓰러지지 않는 크립톤 행성에서 온 슈퍼맨처럼 느껴졌다.

언제부터인지 정확히 기억이 나진 않지만 나는 육체적·정신적 상태를 건전지처럼 측정하곤 했다. 내 몸통 안에 녹색 충전 잔량이 표시되고 거기에 팔다리가 붙어 있는 모양새랄까. 그래서 피곤하거나 지치면 잠시 멈춰서 '지금은 녹색 두 칸 정도 남았겠구나', 또는 '밑바닥에 빨간 칸만 남았겠구나'라고 상상했다. 그러면 스마트폰을 케이블에 연결해서 충전하는 것처럼 맛있는 음식을 먹거나 음악을 듣는 방법으로 회복했다. 그리고 그렇게 하면 확실히 몸이 개운했다. 그래서 방에 대자로 뻗어 누워 있을 때면 내 몸통 속에 녹색 칸이 조금씩 차는 거 같아 기분이 좋아지곤 했다.

그런데 엄청난 에너지로 달리는 선임과 팀장님을 보고 나니, 배터리가 쭉 다는 것처럼 보여서 걱정이 됐다. 그 기관에서는 그 선임뿐만 아니라 많은 분의 삶이 그러한 모양을 띠고 있

었다. 그러나 다행스럽게도 이곳에서 일하는 것은 강요가 아닌 개인의 선택 문제였다. 즉 업무량이 많음을 알고도 스스로 선택해서 지원하고, 그중에서도 인원을 가려 뽑았다. 물론 이렇게 열심히 일하는 데는 보상이 따랐다. 확실한 목표가 있기 때문인지, 아니면 이런 상황을 당연하게 받아들여서 그런 것인지, 대부분 바쁜 와중에도 웃음을 잃지 않고 하루를 보내고 있었다. 특히 내 옆에 유쾌한 선임은 산더미처럼 쌓인 카드 영수증을 번개 같은 손놀림으로 처리해 가면서도 유머와 재치를 잃지 않았다.

　지금도 간혹가다 동기들이 그곳에서의 수습 생활이 어땠냐고 물으면 나는 너무 좋았다고 대답한다. 그곳을 조금이라도 겪어 볼 수 있어서 다행이었다고. 그리고 그 경험을 통해 공무원 생활을 어떻게 해 나갈지 기준을 정할 수 있었다.
　나는 이곳에서 '슈퍼맨'이 되지 않기로 결정했다. 나는 일에 적응하는 것만으로도 이미 많은 에너지를 사용하고 있었고, 그래서 누군가와 경쟁하며 빠르게 살아갈 엄두가 나지 않았다. 그리고 누군가가 원하는 빠른 진급이나 더 높은 지위는 내가 원하는 '장소'가 아니었다. 나는 그런 방향과 속도를 바라지 않았고, 내가 아니어도 많은 사람이 그곳을 원하고 있었다.
　나는 영화 속 평범한 시민처럼 살기로 했다. 잘 드러나지는 않지만 시민의 삶을 충실히 살아 내는 것 또한 부단히 많은 노력이 필요할 것이고, 그렇기에 시민의 삶 또한 그 자체로 중요하고 존중받아야 하는 삶이었다. 그래서 조금 느리게 보일지라도 내게 주어진 일과 하루에 최선을 다하며 보냈다. 그런 방향과 속도로는 더 높이 가고 더 많은 것을 가질 수 없을지는 몰라도 나에게 더 집중하며 하루를 충실하게 살아 낼 수 있었다. 그래서 나는 슈퍼맨들이 부럽지 않았고 힘이 세지 않아도 내가 좋았다.

9급
신규 공무원의 삶

내가 근무하는 곳은 전교생이 27명인 지방의 작은 중학교다. 이제 1년이 다 되어 간다. 처음 학생 수를 듣고는 엄청 작은 학교겠다 싶었는데, 막상 와보니 그렇지가 않았다. 본관동이 3층에 그럴듯한 체육관도 가지고 있었다. 그리고 봄이면 비처럼 내리는 벚꽃이 즐비한, 꽤 규모가 있는 멋진 곳이었다.

출근 시간은 8시 30분이지만 나는 보통 7시~7시 30분 사이에 출근을 했다. 주로 가장 먼저 도착하는 나는 행정실을 간단히 정리하고 업무를 시작했다. 아침에 가장 먼저 하는 일은 시설, 공문, 지출, 계약, 기타 업무 등 메모장에서 업무 우선순위를 정하는 것이다. 그리고 나서는 학교 회계에 관련된 일을 했다.

국민의 세금을 교육 활동에 제대로 써야 했기 때문에 100원의 오차도 허용되지 않았다. 그래서 500원짜리 볼펜을 하나 살 때도 여러 차례 결재를 받아야 했다. 반복되는 업무라 익숙해지긴 했지만, 그 내용과 금액이 항상 다르기 때문에 집중력이 필요했다. 그래서 나는 조용한 아침 시간에 처리해 두는 것이 마음이 편했다.

아무도 나에게 일찍 출근해서 일을 하라고 강요하지 않았지만 나는 이런 생활을 1년 내내 고집하고 있었다. 나는 일과 이후의 삶이 중요했고 최대한 초과 근무를 하고 싶지 않았다. 어떤 일이 벌어질지 모르는 학교에서는, 이렇게 준비해 놓지 않으면 정시 퇴근이 힘들었다.

그렇게 일 처리를 하다 보면 출근 시간이 되어 간다. 보통 5~10분 전이면, 실장님과 행정실무원 선생님이 들어오신다. 서로 간단한 인사를 마치면 이제는 다양한 일이 벌어질 시간이다. 정기적 업무 외에도 교육청에서는 다양한 공문이, 국회에서는 다양한 자료 요청이, 여러 선생님으로부터는 다양한 업무 협조가 내게 들어온다. 특히 학생의 안전과 관련된 사항은 즉각 공문이 내려오는 편이다.

얼마 전에는 지진으로 건물 외벽을 두른 벽돌이 떨어져서 학생이 다친 일이 있었다. 그 일은 사회적으로 큰 이슈가 되었다. 그러자 곧 학교 외벽을 두른 치장 구조물의 면적을 구하라는 공문이 내려왔다. 길이가 60미터 넘는, 벽돌로 치장된 3층짜리 건물의 면적을 어떻게 구해야 하나? 잠깐 난감했지만, 공문을 발송한 곳에 물어보고 학교 도면을 찾아내서 계산해 냈다.

그리고 이건 대부분의 교육행정직 공무원에게는 해당되지 않겠지만, 나는 밖에서 작업을 하는 경우도 자주 있었다. 학교 규모가 작다 보니 시설을 담당하는 주사님이 계시지 않았다. 물론 대부분의 작업은 업체를 불러 실시했지만, 시급하거나 규모가 작은 건에 대해서는 자체적으로 진행했다. 그러다 보니 사륜 오토바이를 타고 눈도 치우고 풀이 자라면 예초기도 돌리고, 타일을 뚫어 물품 보관대를 설치하기도 했다. 이제는 문고리를 교체하거나 유리를 실리콘으로 고정하는 정도는 쉽게 할 수 있게 되었다. 수험 공부를 할 때는 전혀 생각지도 못한 일들이지만 이런 건 당황스럽지는 않았다.

띠리리리링 띠리리리링! 학교에 거의 다 도착했는데 건물 안쪽에서 소방 경보 소리가 들렸다. 헉 무슨 일이지? 나는 놀란 마음으로 건물 안으로 들어갔다. 종을 요란하게 때리는 경보음이 뇌를 울릴 정도로 시끄럽게 울렸다. 신속하게 주위를 둘러봤는데, 1층에는 아무 이상이 없었다. 그럼 2층인가? 뛰듯이 계단을 올라 위로 향했는데, 복도에 방화문이 내려와 통로가 끊겨 있었다. 딱 재난 영화에 나오는 화재 장면 그대로였다. 학교에는 혼자였는데, 이곳저곳 난리지, 게다가 이른 아침이라 소방 용역 업체도 전화를 받지 않았다. 정신을 단단히 차려야 했다. 호흡을 한 번 고르고, 철로 된 방화문의 비상구를 열어 안쪽으로 들어갔다. 다행히도 연기나 화재의 흔적이 어디에도 없었다. 간밤에 비가 억수같이 내리면서 천둥이 여러 번 쳤는데, 그 영향인 거 같았다. 휴… 다행이다. 진짜 큰일 나는 줄 알았잖아. 나는 놀란 가슴을 쓸어내리고 행정실로 내려왔다. 그리고 지난번 소방 훈련 때 배운 방법으로 화재 수신기를 복구시켰다.

얼마 전 태풍 때는 강한 바람으로 아카시아 나무가 쓰러졌었다. 나는 저걸 어찌 치우나 싶었는데, 며칠 뒤에 내가 전기톱으로 나무를 잘라 옮기고 있었다. 5미터가 넘는 커다란 나무를 자르는데, 학교에 출근한 게 아니라 아마존에 들어와 있는 것 같았다.

이 외에도 학교에서 벌어지는 일들은 정말 다양하다. 주기적으로 안전과 소방에 관한 훈련을 하고, 각종 행사가 있으면 그 준비도 한다. 그렇게 다양한 일을 하는 가운데도, 학교는 매일 같이 돈을 쓰기 때문에 나는 늘 시간이 부족했다. 그래서 앉아서 일하는 시간이 내게는 매우 귀했다.

행사나 작업이 없어서 업무를 보고 있을 때도 여러 일이 생긴다. 지난밤에 약주를 거나하게 하신 선생님이 행정실에 와서 한참을 있다 가신다. 목소리는 어찌나 우렁찬지, 계속 듣고 있자니 계산한 금액이 자꾸만 틀렸다. '일해야 하니까 나가세요!'라고 딱 잘라 말하고 싶지만, 그게 그렇게 간단한 문제가 아니다. 행정실과 교무실은 업무적으로 밀접하게 연결되어 있어서 사이가 좋지 않으면 일이 굉장히 힘들어지기 때문이다. 그래도 임용 초기에 비하면 정말 많이 편해졌다. 한창 바쁜 시즌도 지나서 지금은 거의 대부분 4시 30분에 퇴근을 하고 있다. 그리고 업무도 많이 익혀서 처음보다 한결 수월해졌고 이제는 모르는 게 있어도 크게 걱정하지 않는다. 적어도 어디서 물어봐야 할지 알고, 주변에 도움을 구할 수 있게 되었으니까.

그러나 업무가 편해지는 만큼 나는 점점 더 적응하기 어려워졌다. 한창 바빴던 임용 초반에는 몰랐는데 여유가 생기자 그 이유를 조금씩 느끼게 됐다. 불행하게도 나는 여행을 통해서 내가 무엇을 좋아하는지, 무엇을 하고 싶은지 너무도 명확하게 알아 버렸다. 나는 힘들어도 도전하고 창조하는 일이 좋았다. 그리고 누군가와 내가 보고 듣고 느낀 것을 공유할 때 눈이 반짝이는 사람이 되어 있었다. 그래서 내 삶은 여행 전보다 여러 면에서 훨씬 생생하고 만족스러웠다. 진짜 사랑을 하

더 이상 미루면 포기할 것 같아서

게 됐고 주변에 좋은 사람들이 많아졌다. 그리고 나의 아픔을 돌볼 줄 알게 되었으며 부모를 좋아하게 됐다. 그러나 내 통제력이 거의 미치지 못하는 일에서만큼은 그렇지가 못했다. 나는 보수적인 일을 하면서 창조하길 원했고 나를 드러낼 수 없는 일에서 가능성을 꽃 피우고 싶었다. 그렇게 정반대의 일을 하고 있으면 겨우 발견한 가능성과 창조성이 몸 밖으로 빨려 나가는 것만 같았다.

이 모든 상황의 책임은 직장이 아니라 전적으로 나에게 있었다. 교육행정직 공무원은 누군가에게는 선망의 직업이고 학교 살림을 챙기는 것은 중요하고 충분히 자부심을 가질 만한 일이다. 진짜 문제는 하루의 절반이나 차지하는 '일'을 대충 선택한 나에게 있었다.

여행 후 별다른 대안이 없던 나는 일을 선택하는 것을 포기했고 또 다시 안정적이고 효율적인 길을 선택했다. 그렇게 이번에도 '나'를 빼놓고 일을 선택했고, 그곳에 도착해서야 전혀 고려하지 않았던 '나'를 찾고 있었다. 이것은 문제를 보지 않고 답을 적은 것과 크게 다르지 않았다.

너무 안타까운 일이지만 이제는 어쩔 수 없었다. 어떻게 들어온 직장인데, 이제 와서 그만둘 수도 없었기 때문이다. 그래도 하루의 대부분을 지내는 직장에서 괴로워하며 지낼 수는 없어서 생계에 의미를 두었다. 일이 즐거움은 주지 않더라도 직장이 있어야 먹고 살고 결혼도 할 수 있으니까. 그래서 그 의미로 지내기로 했다. 그리고 어쩔 수 없이 버텨야 한다면 상처받지 않는 쪽을 선택하기로 했다.

그렇게 생각한 어느 날부터 가면을 쓰고 마음을 가리기 시작했다. 배우고 싶지 않은 일들을 머릿속에 억지로 집어넣을 때도, 어쩔 수 없는 상황을 받아들여야 할 때도 마음을 절대로 꺼내지 않았다. 그렇게 하면 일에 대한 기쁨은 없지만 감정 소모 없이 그 일을 처리할 수 있었다. 나는 그렇게 삶의 반을 포기했다. 그리고 퇴근 이후의 시간을 기다리는 날들을 적당히 웃으며 살아가고 있었다.

8

생생한 눈빛, 생생한 삶

사랑은 둘 모두가
주인공이어야 한다

나처럼 혼기가 꽉 찬 남자가 학교에 발령이 나면 선생님들과 실장님이 난리다. 아니 어떻게 염 계장 같은 사람이 아직도 혼자냐고, 나보다 날 더 걱정해 준다. 그러면서 앞다투어 소개팅을 시켜 준다. 심지어 날짜까지 정해 주고, 그 안에 결혼하기 프로젝트를 내 의사와 상관없이 진행했다. 처음에는 당황스럽긴 해도 그런 마음이 참 감사했다. 진짜 좋은 사람이라면서 소개를 해 주는데, 만남의 상대는 주로 같은 직군에 있는 사람들이었다. 자리에 나가 보면 정말로 좋은 분들이었다. 그런데 아쉽게도 그게 다였다. 그 만남에는 내 취향이 전혀 고려되어 있지 않아서 설렘을 느낄 수가 없었다.

만약 친구들이나 가까운 지인이 소개해 주는 거라면 내 취향을 적극적으로 말했을 것이다. 그리고 아예 관심이 안 생기면 편하게 거절하면 그만이다. 그런데 어른들의 소개는 요구하기도 물리치기도 어려웠다. 그래서 지금은 어른들이 주선하는 만남은 전혀 안 한다. 곤란한 상황이 되기 전에 감사하다며 사양한다. 여러 번의 경험을 통해서 분명하게 알게 되었기 때문이다. 그분들의 소개로는 내가 좋아하는 사람을 만날 확률이 굉장히 희박하다는 것을. 그리고 실제로는 그분들이 나를 그렇게 신경 써 주지 않는다는 것도 알게 되었다.

사실 따지고 보면 그랬다. 그분들이 내 부모도 아니었고, 나를 잘 알지도 못했다. 단지 주변에 아직 결혼을 안 한 사람이 있고 나도 그러하기 때문에 연결만 해 줘도 좋은 일이라고 생각하는 거 같았다. 그러나 나는 조건에 맞춰서 적당히 만날 생각은 없었다. 그런데 좋아하는 사람을 만나고 싶다고 하면 뭘 그렇게 고르냐고, 뭘 모른다는 소리를 내게 해 댔다.

여행과 수험 기간 동안 많이 외로웠기 때문에 내 마음을 끄는 누군가를 꼭 만나고 싶었다. 그리고 그 사람과 함께 대화하고 즐거운 것들을 나누면서 같이 행복하고 싶었다. 그래서 발령이 난 이후로는 가만히 있지 않고, 좋은 사람을 찾기 위해 부단히 노력했다. 그리고 주변 사람들이 주선해 주는 만남과 별

개로 좋은 인연이 찾아오기도 했다. 그리고 내가 직접 찾아 나서는 경우도 있었다.

여행은 내 사랑에 커다란 영향을 미쳤다. 확실히 여행 전후의 만남에는 차이가 있었다. 여행 전의 사랑은 항상 한 사람만이 주인공이었다. 그 주인공이 상대이든 나이든, 또 다른 한 명은 조연이었다. 내가 주인공이 아닐 때는 상대가 매력적이고 더 나은 사람이라서, 나의 고백을 받아 주길 바랐다. 그래서 그 사람의 눈치를 보며 가슴을 졸였다. 그런 이유로 나는 항상 약자였고, 내 마음보다 그 사람의 기분이 더 중요했다. 반대로 주인공이 될 때에는 상대가 주는 사랑을 내가 더 나은 사람이라서 받는다고 착각을 했었다. 그래서 때때로 고마운 상대에게 제멋대로 굴기도 했었다.

그러나 여행을 다녀온 후 나의 사랑은, 둘 모두가 주인공이어야 했다. 그 사람이 행복해야 하는 것처럼 나도 행복해야 했다. 그리고 그 사람이 내게서 우선순위인 것처럼 나 또한 그 사람에게 우선되는 사람이어야 했다.

노르웨이에서 미쳤다는 소리를 듣던 날, 나는 세계 1퍼센트의 사람이 되었다고 생각했다. 12시간을 왕복해야 하는 그곳을 다녀온 사람이 얼마나 되겠는가? 그리고 그중에서도, 1년도 안 돼서 또다시 올라간 사람은 손에 꼽을 것이다. 더군다나 그 절벽에서 스케이트보드를 탄 사람은 세계 1퍼센트도 안 될 거라고 생각했다. 나는 그렇게까지 좋아하는 일을 성취해 낸 내가 좋았다. 그리고 여행을 하면서, 어떻게든 문제를 해결하는 나 자신이 대견했다. 그런 과정을 통해 나의 자존감은 예전과 비교할 수 없을 정도로 단단해졌다. 그래서 소개팅에서 처음 만난 사람에게도, 내가 좋아서 먼저 고백한 사람에게도, 나를 좋아해 주는 사람에게도 한결같이 똑같이 대할 수 있었다. 귀한 시간을 내어 나와 준 마음에 감사했고, 그 사람을 주인공으로 만들어 주기 위해 최선을 다했다. 그리고 나 또한 그런 대우를 받아야 한다고 생각했다. 그래서 상대가 나를 하인처럼 대하도록 내버려 두지 않았다.

또 한 가지 큰 변화는, 만남에 대한 실패를 두려워하지 않게 되었다는 것이었다. 오히려 더 늦기 전에 더 많은 경험과 실패를 해야겠다고 생각했다. 그래서 여행을 통해 좋아하는 것을 찾았던 것처럼 다양한 사람을 만나면서 내 마음의 소리에 집중했다. 다만 여행과 달리 만남에는 상대방의 마음이라는 변수가 있었다. 시작하고 싶어도 상대가 동의해 주어야 했고, 끝내고 싶다고 쉽게 그럴 수도 없었다. 상대와 끝낼 때 물론 도망갈 수도 있었지만, 그렇게 하면 둘의 소중했던 시간은 아무것도 아닌 게 되어 버렸다.

나는 예전처럼 도망가는 연애를 반복하고 싶지 않았고 가능하면 소중한 기억을 유지한 채 헤어지고 싶었다. 그 과정은 힘들었지만 그런 경험을 통해서 내가 어떤 사람을 좋아하는지 조금씩 알게 되었다. 그리고 내가 어떤 사람인지도 객관적으로 바라보게 되었다. 나는 잘 생기진 않았지만 단정한 스타일을 유지하기 위해 노력했다. 그리고 항상 꿈을 꾸고, 그것을 이루기 위해 노력하는 삶을 살고 있었다. 그래서 상대도 나처럼 자신을 가꾸길 바랐다. 그리고 무엇보다 하고 싶은 일을 가슴에 담고 있는 사람이 좋았다. 그런 사람이 가진 생생한 눈빛에 빠져들고 싶었고, 열정이 담긴 목소리와 대화하고 싶었다. 그렇게 난 나름대로 사랑을 위해 최선을 다하고 있었다.

오랜 시간 내 곁에 남아 준 사람들은 내 결혼에 대해 아무런 말을 하지 않는다. 그저 내가 어떤 선택을 하든 응원한다는 말을 할 뿐이다. 그런데 참 신기하게도 나를 안 지 얼마 안 된 사람들이 그렇게 내 결혼에 대해 걱정들을 했다. 그러면서 세상의 진리인 것처럼 이렇게 말한다. "그놈이 다 그놈이다." 그리고 결혼해서 행복하게 사는 건 마치 동화 속에나 있는 것처럼 얘기를 했다. 그러면서 결국은 적당히 맞는 사람 만나서 결혼해야 하는 거라고 끝을 맺었다.

과연 그럴까? 이 좁은 한국 땅만 벗어나도 다양한 삶의 모습이 있던데. 내가 본 세상에는 아이를 등에 업고서도 부인과 함

께 캠핑을 떠나는 단란한 가족의 모습이 있었다. 그리고 세계를 같이 여행하며 꿈을 나누는 부부들도 있었다. 물론 그런 모습들을 자주 만날 수 있었던 것은 아니다. 그렇다고 해서 다들 적당히 맞춰서 결혼하고 산다는 말을 나에게 적용할 생각은 전혀 없다. 어쩔 수 없이 하는 일은 이미 수도 없이 해 왔고 더는 반복하고 싶지 않다. 더욱이 인생의 반려자를 만나는 일에는 더더욱 그렇다.

나는 더 열심히 운동하고 더 재밌게 살아 볼 생각이다. 그리고 그렇게 살아내서 내 눈빛에 생기를 돌게 할 것이다. 내가 생생하게 살아 있는 사람을 좋아하는 것처럼 상대도 마찬가지일 거니까. 그러면 '너무 늦어지는 거 아니야? 네 나이를 생각하라'며 걱정하시는 분들도 계실 것이다. 그렇지만 사람이 마음에 안 든다고 A/S를 해 주거나, 반품이 되는 것도 아니지 않은가? 마음에도 없는 사람과 평생을 어정쩡하게 살아간다는 것은 서로에게 불행한 일일 것이다. 분명히 방법은 있을 거라고 생각한다. 이 세상에 사람이 얼마나 많은데, 나와 맞는 한 사람이 없을까? 이렇게 말하면 욕심이 많다고 말하겠지만, 정말 모르고 하는 말이다. 나는 욕심이 많은 게 아니라 그저 행복하고 싶을 뿐이다.

더 이상 미루면 포기할 것 같아서

관계의
분리수거

띠리리리, 띠리리리…. 주말 아침부터 웬 전화야. 미간을 잔뜩 찌푸린 채로 잘 떨어지지도 않는 눈꺼풀을 간신히 올렸다. 살짝 열린 눈으로 오전 6시를 확인했다. 학교에 무슨 급한 일이라도 생겼나 싶어서 바로 전화를 받았는데 갑자기 화면에 내 얼굴이 나타났다. 깜짝 놀라 두 눈을 크게 뜨고 확인해 보니, 영상 통화가 걸려온 것이었다. 너무 깜짝 놀라서 전화를 껐다.

이게 꿈인가 싶어서 다시 한번 전화기를 내려다보았다. 잠결에 내가 전화를 한 건 아닌가 싶어서 통화 내역을 확인했다. 그런데 그 찰나에 다시 영상 통화가 걸려 왔다. 역시나 내가 잘못 누른 게 아니라 그 선생님이 영상 통화를 걸어온 것이었다.

그것도 아주 이른 주말 새벽에! 나는 굳이 영상으로 전화할 만한 일이 뭐 있겠나 싶어서 음성으로 다시 전화를 드렸다. "선생님, 혹시 학교에 무슨 일이 있나요?"라고 여쭤 보니, 평소 그 특유의 밝고 큰 목소리로 "아니, 염 계장님 생각나서 전화했지." 하는데 소름이 돋았다. 정말 욕이 목구멍까지 차올랐다. 새벽에 운동을 나왔는데 공기가 좋다며 전화를 했다고 했다. 이 어처구니없는 사건 이후로 난 학교 선생님들의 전화는 퇴근 후에 일절 받지 않았다. 급한 일들은 학교 전화를 착신해 놓았기 때문에 놓칠 일이 없었다. 간혹가다가 퇴근 후 받게 되는 연락 중에도 정말 급한 내용은 없었다.

"염 계장님, 오늘 저녁 함께할까요?" 이런, 오늘도 여지없이 퇴근 시간에 물어보시는구나. 나이 지긋한 선생님이 자꾸만 이 시간에 저녁을 먹으러 가자고 하셨다. '아니, 어른이 챙겨 주면 감사한 일 아냐?'라고 생각할 수도 있지만, 사정을 알고 나면 그렇지가 않다.

내 입장에서는 참 곤란한 상황이었고 문제는 그 타이밍과 빈도에 있었다. 나는 일과 이후에 하고 싶은 게 많았다. 깨어 있는 시간의 3분의 2를 일을 위해 썼다면, 나머지 3분의 1은 오롯이 나를 위해 쓰고 싶었다. 그래서 일과 이후에는 하고 싶은 것들로 잔뜩 채워 두었다. 그런데 퇴근 시간 즈음에서 말씀

더 이상 미루면 포기할 것 같아서

해 주시면 일정을 조율하기가 힘들었다. 사정이 있다고 거절하는 것도 한두 번이고, 언제 잡힐지 모르는 식사를 위해서 일정을 비워 둘 수도 없었다. 그런데 내가 하고 싶은 것도 중요하지만 이곳은 말 많은 직장 아닌가? 그래서 최대한 정중하게 말씀을 드렸다. "제가 저녁에 하는 게 있어서요. 하루 전, 아니 당일 오전에만 말씀해 주시면 제가 일정을 바꾸겠습니다!" 물론 내가 먼저 '언제 식사하시죠?'라고도 할 수 있지만, 그러고 싶은 마음은 전혀 없었다. 그 선생님과 같이 있는 자리에선 내 호칭이 자연스레 염 계장에서 동생으로 바뀌었기 때문이다. 나는 당신 같은 형을 둔 적이 없는데, 허락도 없이 나를 낮췄고 예의 없이 편하게 대했다. 그래서 굳이 내가 먼저 나서서 그런 자리를 만들고 싶지 않았다.

그런데 그렇게 말씀드렸음에도 불구하고 그 선생님은 항상 퇴근 시간에 말씀하셨다. 마치 '누가 이기나 보자'란 듯이 "오늘은?", 그리고 그다음 날도 "오늘은 시간 되냐?"고 했다.

여행을 떠나지 않았더라면 이런 일들을 나를 생각해 주는 것으로 착각했을지도 모르겠다. 말도 안 된다고 할지 모르겠지만, 정말로 그랬다. 자존감이 낮았을 때는 누군가 조금만 잘해주는 척해도 쉽게 헷갈렸다. 그러나 나는 이제 명확히 가려낼 수가 있다. 그 사람이 나를 위하는 사람인지 그 자신을 위하는 사람인지.

내가 여행을 떠난다고 했을 때 많은 사람은 나를 부러워하기도 했고 뭐 그런 고생을 하느냐고 시큰둥한 사람도 있었다. 그러던 시기에 나를 언제나 좋은 사람으로 만들어 주던 미애 누나가 같이 점심을 하자고 했다. 누나는 내가 먹고 싶은 건 뭐든 다 사 주겠다면서 좋은 음식점에 데려갔다. 그리고 그곳에서 내가 지금껏 들어보지 못한 말을 해 주었다. "규영아, 네가 세계로 여행을 가서 멋진 경험을 한다면 누나는 정말 기쁘게 응원할 거야. 그런데 만약에 무슨 일이 생겨서 여행을 가지 못한다고 해도 누나는 응원할 거야. 그러니까 네가 무슨 일을 해도 괜찮아." 내가 잘못 들은 건 아니지? 못 해도 괜찮다고? 그렇게 말을 할 수도 있는 거였어? 항상 무언가를 해내야 했는데 그렇게 하지 않아도 응원을 해 준다는 말이 너무 따스하게만 들렸다.

미애 누나는 항상 그랬다. 내가 어떤 상황이든지 상관없이 나를 좋게 봐 주었다. 그리고 신기하게도 나의 장점을 한가득 발견해서 사람들에게 자랑하듯 알렸다. 오랜 기간 연락을 끊고 시험에 합격한 것을 알렸을 때도 누나는 한걸음에 먼 이곳까지 달려와 주었다. 그리고 참 예쁘게도 웃으면서 자기 일처럼 기뻐해 주었다. 아이를 두고 오는 것도 그렇고 남편한테 말하는 것도 쉽지 않았을 텐데, 오늘은 누나가 쏜다며 돈 한 푼 쓰지 못하게 했다.

상현이 또한 나를 진정으로 위해 주는 사람이다. 그렇지만 처음에는 나와 너무 다른 그 친구를 이해할 수가 없었다. 같이 캠핑을 갔는데 그 녀석은 도착하자마자 의자에 퍼져 일어날 줄을 몰랐다. 게다가 무얼 하자고 하면 느릿느릿. 빨리 예쁘게 꾸미고 놀고 싶은 나는 그 모습을 보면 답답해서 속이 탔다. 그리고 내가 어떤 도전에 관한 얘기를 하면 자신도 할 것처럼 하다가 마지막에는 멈추었다. 참…. 이해가 안 갔다. 나보다 가진 것도 많은 녀석이 뭘 그렇게 두려워하는 건지. 그래서 나는 상현이보다 내가 조금은 나은 사람이라고 생각하고 있었다. 그런데 여행을 떠나는 날 내 편협한 생각은 산산조각 나 버렸다.

항상 느리고 답답하다고 생각했던 상현이가 새벽에 날 데리러 오겠다고 했다. 너의 멋진 여행을 공항까지 함께하겠다며. 그러면서 새벽 5시까지 맞춰 오겠다고 하는데, 그 말을 들은 나는 펀치를 크게 한 방 맞은 거 같았다. 나라면 출근하는 날 새벽에 그럴 수 있을까? 쉽게 그렇다고 얘기할 수 없었다. 그날의 상현이는 매우 부지런하고, 한 시간 전에 미리 전화까지 주는 확실한 사람이었다. 그리고 세계로 여행을 떠나는 친구를 위해 맞춤 음악까지 선곡해 오는 센스가 넘치는 사람이었다. 같이 공항으로 달리는 차에서 그 친구가 선곡해 온 노래가 내 취향이냐 아니냐는 전혀 중요하지 않았다. 상현이가 나를 위하는 마음은 내 취향 따위를 넘어서는 그 이상의 것이었다.

더 이상 미루면 포기할 것 같아서

상현이는 여행을 다녀와서 혼자 공부를 할 때도 나를 살뜰히 챙겨 주었다. 주말이면 먼 이곳까지 내려와서 나와 함께 밥도 먹고 대화 상대가 돼 주었다. 그렇게 나는 상현이라는 좋은 친구가 있어서 수험 기간이 크게 힘들지 않았다.

미애 누나와 상현이는 여행 이후에도 내 곁에 남아 준 몇 안 되는 사람들 중 하나였다. 내 대부분의 인간관계는 여행을 다녀오면서 끊어졌다. 내가 세상에서 숨어 버렸으니 연락이 잘 되지 않았고, 연락이 와도 내가 계속 피했기 때문이다. 그러나 그 와중에도 몇몇 분이 더 나를 기다려 주었고 찾아와 주었다.

제주도에서 만난 원호 형도 그런 고마운 사람이었다. 애니메이션 〈카우보이 비밥〉의 주인공처럼 키가 크고 날씬한 원호 형은, 그만의 독특한 분위기가 있었다. 형과 함께 있으면 바람처럼 자유로운 향이 났고 난 항상 그게 부러웠다. 세상으로부터 숨어 지낼 때도 형은 간간이 안부를 물어 왔다. 그리고 여행을 다녀오느라 한참 연락이 끊긴 상태에서도 잊지 않고 나를 찾아 줬다. "형한테 연락 좀 해라"라는 이 한마디가 그렇게 고마웠다. 공무원 합격한 사실을 형한테 알리자마자 형은 당장 보자고 했다. 그리고 형의 단짝 종수 형과 함께 나를 축하해 주었다. 형의 삶은 항상 심플했으며 살가운 말은 없었다. 그렇지만 긴 흐름으로 나를 챙겨 주었고 그런 형과 함께하면 밤새 신나게 놀 수 있었다.

동근이도 그랬다. 정말 1년에 한 번, 두 번 전화할까 하지만 언제나 "염 대감, 잘 지내시오" 하면서 정겹게 나를 맞아 준다. 요양 병원에서 근무할 때 만났으니까 벌써 10년 넘게 알아 온 사이인데 우리 사이는 조금도 달라진 게 없다. 그에게도 합격 소식을 알렸는데, 버스를 몇 시간이나 타고 만나러 와 주었다. 오랜만에 봤는데 우리만의 어색한 콩트도 그의 유쾌한 웃음소리도 그대로였다. 자주 보지 않아도 관계가 자연스러울 수 있다는 것을 그와 함께하면서 새삼 느끼게 된다.

여행 이전에 나는 성공한 사람들을 좇아 다니곤 했었다. 그 중에서 나와 동갑인데 잘나가는 기업들을 옮겨 다니며 승승장 구하던 녀석이 있었다. 그는 종종 나를 그가 주최하는 자리에 불렀고 친구라고 소개했다. 그런데 이상하게 그 자리가 끝날 무렵에는 항상 불쾌한 기분이 들었다. 왜 그러지? 친구는 기껏 생각해서 나를 불러 줬고 좋은 사람들도 소개해 줬는데. 내가 괜한 자격지심이 있는 건가? 내가 너무 예민한 건가? 나는 그 사람이 불러 준 것만으로도 감사해서 불편한 감정의 책임을 나한테로 돌리곤 했었다. 그런데 사실 알고 보면 그럴 만한 이유가 있었다. 그는 나를 함께하는 또 다른 주인공이 아니라 그를 비춰 주는 들러리로 배치했었다. 그리고 내게 자신이 처리하기 불편한 일을 대신하는 하인과 같은 역할을 맡겼다. 그런데도 한참 동안 나를 생각해서 불러 주는 거라고 착각을 했었다. 그런데 머리는 잘 몰랐어도 내 마음은 정확히 알고 있었다. 그 사람이 나를 불편하게 만들었기 때문에 그 자리가 편하지 않았다는 것을.

다행스럽게도 여행을 다녀왔더니, 나를 존중하지 않는 사람들은 다 내 곁에서 사라져 버렸다. 그래서 나를 이용하지 않는, 나를 아끼는 사람들만이 남게 되었다. 그리고 나를 아껴 주는 사람들은 애초에 나를 불편하게 만들지 않았다. 배려 있게 말하고 내가 싫어할 만한 일을 요청하지 않았다. 그들은 따뜻한 언어를 사용하고 감사한 행동을 했다. 그렇게 여행의 경험은 나를 아끼는 사람과 그렇지 않은 사람을 명확하게 분리해 낼 수 있는 능력을 키워 주었고, 내가 함께할 수 없는 사람들을 수거해 주었다.

나의 아픔을
끌어안는 마음

예전 회사를 다닐 때의 일이다. 출장을 마치고 회사로 복귀하려고 지하철을 기다리고 있었다. 한가한 오후였고 지하철 플랫폼에는 사람이 거의 없었다. 음악이나 들을까 하고 고개를 숙여 폰을 들여다보고 있는데, 하얗고 반짝이는 것이 지나갔다.

이게 뭔가 싶어서 고개를 돌려 바라보니, 한 젊은 남자가 출구 계단 쪽으로 걸어가고 있었다. 넓은 어깨에 프로 운동선수가 입을 것 같은 유니폼, 검은색 반바지, 그리고 옆으로 커다란 가방을 멘 그 사람의 오른쪽 다리가 은은하게 빛나고 있었다. 그의 오른쪽 무릎 아래에는 은색으로 된 의족이 연결되어 있었고 그 끝에는 새하얀 운동화가 멋들어지게 신겨 있었다. 참 묘하게도 그의 반짝이는 의족은 패션 액세서리처럼 멋져서 자꾸만 시선이 갔다. 그의 오른 다리는 당당했고 전혀 아픔처럼 보이지 않았다. 난 그가 출구 위쪽으로 사라질 때까지도 눈을 뗄 수가 없었다. 그의 다리는 내가 가진 상처와 정반대의 모습을 하고 있었기 때문이었다.

나는 이전에 사고로 허리를 크게 다쳤는데 그 상처는 옷으로 덮여 있어서 눈에 띄지 않았다. 내가 말하지 않는 이상 누구도 알 수 없었고, 알리고 싶은 생각도 전혀 없었다. 행여나 누가 알게 될까 봐 항상 신경이 쓰였다. 그래서 회사에서 가끔 조기 축구를 할 때도 아픈 것을 말하지 않고 열심히 운동장을 뛰었었다.

그러나 여행에서는 그럴 필요가 없었다. 처음 보는 사람들을 만나게 되고 다시 볼 기약도 없으니 나를 감출 필요가 없었다. 눈치를 보지 않고 내가 가고 싶을 때 가고 먹고 싶을 때 먹고, 무리를 했다고 생각되면 쉬어 주었다. 그렇게 여행을 하고 나서야 비로소 깨닫게 되었다. 내 몸은 내가 아껴 주어야 한다는 것을.

나에게 온전히 집중할 수 있는 시간이 주어지자 들리지 않았던 몸의 소리가 겨우 들리기 시작했다. 그동안은 내 몸을 남의 것인 양 대했다. 내 몸을 아끼고 지킬 수 있는 건 나밖에 없

더 이상 미루면 포기할 것 같아서

는데, 남의 눈치를 보느라 내 몸을 너무 함부로 대했다. 이런 생각에 이른 다음부터는 마음뿐 아니라 몸의 소리에도 집중하며 여행을 이어 나갔다.

합격하고 얼마 안 됐을 때의 일이다. 동기들과 상위 기관에 교육을 받으러 갔다. 신규 공무원들이 모여 있으니 선배님들이 좋은 말씀도 해 주시고, 나도 이것저것 묻기도 했었다. 그중 한 선배가 "축구 클럽에 가입하지 않겠어?"라고 했는데, 이번에는 예전처럼 "예! 시켜만 주십쇼!"라고 하지 않았다. 대신 "제가 축구도 좋아하고 정말 하고 싶은데, 허리를 크게 다쳐서 할 수가 없습니다"라고 대답했다. 선배는 내 건강이 걱정된 건지, 아니면 내가 꾀를 부린다고 생각했는지 어디가 아프냐고 다시 물었다. 옆에 동기들이 많았지만 나는 웃으며 말했다. "사고를 당해서 장애 판정을 받았습니다." 그러자 선배는 "아…, 그러면 몸 잘 관리해야지" 하며 더는 권유하지 않으셨다.

학교에서도 선임에게 사실대로 말씀드리고 병가를 사용했다. 내 아픔을 이용해서 편하게 지내려고 했던 것은 아니었다. 오히려 내가 할 수 있는 일이라면 동료들에게 피해가 가지 않도록 열심히 했다. 가끔씩 모두가 다 들으라는 듯이 "염 계장님, 허리 괜찮아요? 남자는 허리가 중요하죠"라고 약점을 잡는 분도 있었지만, 나는 신경 쓰지 않았다. 스포츠의학을 전공해

더 이상 미루면 포기할 것 같아서

서 중량을 드는 운동을 오래 했을 뿐 아니라, 재활도 공부해서 무거운 물건을 안전하게 드는 방법도 잘 알고 있었다. 다만 내 몸을 지키기 위한 원칙을 세웠을 뿐이었다. 축구처럼 예측 불가능한 상황을 통제할 수 없는 운동은 피했고 그 외에 다른 통제 가능한 일들은 오히려 적극적으로 임했다.

내가 장애를 숨기지 않는 이유는 단 하나다. 내 몸을 잘 지키고 아끼기 위해서다. 그리고 이러한 생각은 점점 더 절실해졌다. 나이가 들면서 내 주변에서도 아픈 사람들이 생겨나기 시작했기 때문이다. 비단 공무원뿐만 아니라 회사 생활을 하는 친구나 선배 중에서도 벌써 암에 걸리거나 뇌졸중 같은 질병을 얻는 것을 볼 수 있었다.

나는 의사가 아니라서 단언할 수는 없지만, 단순하게 이해를 하고 있었다. 사람도 동물이니까 적당히 움직이고, 좋은 음식을 먹고 잘 쉬어 줘야 건강하지 않겠는가. 그런데 나를 비롯한 많은 사람들에게는 건강의 기본을 지키는 것이 쉽지가 않은 것 같다. 사무실에서 일하는 직장인들은 하루 종일 책상에 앉아 있어야 하고, 식당에서 건강한 밥을 여유 있게 먹기 힘든 경우도 있다. 그리고 바빠서 제대로 수면을 취하는 사람도 별로 없어 보인다. 거기에 잦은 회식으로 술까지 많이 마신다면? 생명을 땅바닥에 줄줄 뿌리고 다니는 것과 다를 게 없다. 그렇게

살면 건강한 사람도 당연히 아플 수밖에 없을 거 같다.

내 경우에는 예전에 다친 것 때문에 특별히 더 관리해야만 했다. 그래서 다른 사람을 신경 쓰지 않겠다는 차원에서뿐 아니라, 나를 지키기 위해서 내가 가진 아픔을 밝히기 시작했다. 사람들이 나의 아픔에 대해 수군거리고 약점을 잡아도 상관이 없었다. 아픔이 오히려 매력적이었던 순간을 목격했기 때문이다. 이제 아픔은 더 빛날 수 있는 기회로 보였다. 의족이 빛났던 그때의 기억처럼. 그리고 아픔이 있는 상태에서도 열심히 하는 모습은 더 큰 감동을 불러일으킬 거라고 생각했다. 그러니까 장애는 전혀 부끄러운 게 아니었다. 그리고 그렇게 내 몸을 잘 아끼고 지켜서 건강을 유지해야 내 삶을 예술로 만들어 나갈 수 있을 거라고 생각했다.

여행자의
부자 마인드

삐이이이이이이이익. 뽑은 지 얼마 안 된 중고 외제 차가 듣기 싫은 소리를 냈다. 핸들을 돌릴 때마다 쇠를 긁는 소리가 차 안에 울려 퍼져서 살짝 겁까지 났다. '설마 달리다 터지진 않겠지?' 운전할 때마다 가슴을 졸이는 날들이 이어졌다. 이렇게 사자마자 애물단지가 된 차는 1세대 미니쿠퍼였다.

〈이탈리안 잡(The Italian Job)〉이라는 영화에서 도로를 질주하던 작고 예쁜 그 차. 작고 아름다운 은색 몸통에 검정 지붕이 영국 감성이라며, 한눈에 반해 버렸다. 그래서 고장의 예비 신호들마저도 아날로그 감성이라며 쓸데없는 소리를 했었다. 이 차를 선택한 이유는 가진 돈이 부족했기 때문이었다. 그때는

더 이상 미루면 포기할 것 같아서

'나를 표현할 수 있는 차는 미니쿠퍼뿐이야!'라고 했지만, 돈이 더 많았다면 더 좋은 차를 샀을 것이다.

돈이 부족한 부분은 차 말고도 넘쳐 났다. 매일 남들에게 보여지는 옷도 그중 하나였다. 어떻게 하면 매일 다르고 좋은 모습으로 보일 수 있을까 싶어서, 옷은 끝도 없이 필요했다. 요일별로 바꿔 입어야 하고, 트렌드도 바뀌고, 해가 바뀌면 또 사야 하고. 그렇게 잘 차려입고 사람들을 만나면 좀 당당해지는 거 같았다. 그래서 가지고 싶은 건 많은데 월급은 얼마 되지 않아서 항상 돈이 부족하게만 느껴졌다. 그런데 여행을 다녀오고 나서는 예전보다 적게 벌지만 오히려 부족함을 느끼지 못하는 신기한 일을 경험하게 되었다.

파키스탄 작은 도시에는 큰 차가 거의 없었다. 대부분 티코 정도의 작은 차들이었는데 그 안에는 운전석을 꽉 채우는 기사님들이 타고 계셨다. 차를 탔다는 말보다 '구겨서 억지로 집어넣었다(?)'라는 말이 더 적합할 거 같았다. 그분들 덩치가 크기도 했지만 그보다는 차가 그분들에 비해 작아도 많이 작았다.

하루는 택시를 타고 이동하는데, 내 눈을 의심할만한 일을 목격했다. 창밖 풍경을 보고 있었는데, 오른쪽 사이드 미러가 없었다. 정말 없었다. 그나마 다행으로 백 미러는 온전하게 달려 있어서 한시름 놓으려고 하는데, 이건 또 웬일인가! 브레이크 옆 바닥에 구멍이 크게 뚫려 있었다. 맙소사! 도대체 이런 차를 아무렇지 않게 운행하고, 손님까지 태우다니! 그저 놀라울 따름이었다. 한국에서 타고 다녔던 애물단지 차도, 이곳의 차들과 비교하면 슈퍼 카나 다름없었다. 그렇게 당장 길에서 멈출 것 같은 차들은 파키스탄뿐만 아니라 다른 나라에도 많았다. 처음의 놀라움도 잠시, 나중에는 여행을 하며 적응이 돼서 더위 속에서 날 구해줄 택시가 있다는 것만으로도 감사할 따름이었다.

구멍이 뚫린 택시만큼이나 여행하며 묵었던 숙소들 역시 내게 큰 영향을 줬다. 오랫동안 여행을 다니다 보니 항공료 다음으로 부담되는 것이 숙박료였다. 그래서 이 비용을 줄이기 위해 노력했고 그러다 보니 저렴한 숙소를 자주 이용했다.

어떤 숙소는 너무 지저분해서 '헉!' 소리가 절로 났다. 그래서 알아서 청소를 했고 볕이 좋은 날에는 직접 침대와 베갯잇을 빨아다 널기도 했다. 특히 인도에서 지낼 때는 똥과 개와 벌레가 넘쳐나서 그것만으로도 힘들었는데, 숙소에 와서도 쉬지를 못했다. 잠들 만하면 무언가가 부스럭부스럭 움직이는 소리가 들렸다. 이게 무슨 소리인가 하고 가방을 뒤지다가, 귀를 쫑긋 세운 귀를 발견했을 때의 심정이란! 겨우 놀란 가슴을 진정시키고 샤워를 하러 들어갔는데, 이번에는 눈앞에 작은 도마뱀들이 나를 쳐다보고 있었다. 아!!!!!! 정말이지 그때의 짜증이

더 이상 미루면 포기할 것 같아서

란 말로 다 표현할 수가 없다. 거기에 비하면 내 작은 방은 5성급 호텔이나 다름없었다. 혼자 살기에는 더없이 좋은 곳이었고 이보다 더 쾌적하고 좋을 수 없었다.

한국에 있을 때는 접하지 못한 불편한 삶이었다. 그리고 TV 속에서만 봤지 이런 가난은 나와 먼 얘기라고만 생각했었다. 더군다나 눈앞에서 단돈 이천 원 때문에 뺨을 맞는 사람을 보고, 1미터를 움직일 힘이 없어서 뜨거운 별 아래서 타들어 가는 청년을 만나게 되니, 비로소 내가 얼마나 부자이고 많은 것을 가지고 있는지 알게 됐다.

여행을 하며 느꼈던 경험들과 충분히 높아진 자존감은 내 소비 스타일을 바꾸어 주었다. 우선 옷으로 나를 드러내 보일 생각이 없어져서 옷 입는 게 간단해졌다. 모양이 같은 새하얀 운동화 세 켤레, 핏이 마음에 드는 밝은색, 중간색, 어두운색 청바지 세 벌, 검정과 하얀색 기본 티셔츠 세 벌씩. 거기에 계절별로 겉옷만 바꿔 주면 옷 걱정할 일이 없었다. 게다가 옷 고르는 시간도 줄어드니 일석이조였다.

가방 두 개로 반년을 여행하다가 집에 왔더니, 따로 더 필요한 게 없었다. 오히려 안 쓰고 있는 것들이 너무 많았다. '이거 한 번도 쓴 적 없는데', 심지어 '이런 것도 있었어?' 하는 물건들이 사방에서 튀어나왔다. 그래서 한동안은 안 쓰는 짐을 줄

이느라 바빴다. 그리고 예전에는 그렇게 좋아하던 차에 대한 욕심도 사라져서 이제는 국산 중고차를 뽑아서 잘 타고 다니고 있는 중이다. 소비 패턴이 이렇게 바뀌다 보니, 박봉이라는 신규 공무원 월급도 그다지 부족하다는 생각이 들지 않았다.

부모가 선물한
행운 같은 삶

'내가 지금껏 가장 잘한 일은 뭘까?' 평소와 같이 산책을 하고 있었는데 문득 이런 질문이 떠올랐다. 음…, 뭘까? 질문한 나도 궁금해져서 10초 안에 대답해 보기로 했다. 시간을 너무 많이 주면 머리를 쓰게 될까 봐 바로 타이머를 세팅했다. 그리고 시~작. 그런데 3초도 지나지 않아서 정말 의외의 답이 떠올랐다. 그 답은 부모님의 아들로 태어난 것이었다.

　엥? 이게 지금껏 가장 잘한 일이라고? 한때 부모님을 많이 원망했던 나라서 내 대답이 잘 믿기지 않았다. 그래서 다시 한 번 더 물어보기로 했다. '지금껏 내가 가장 잘한 일은?' 역시나 머릿속에서는 똑같은 대답이 가장 먼저 떠올랐다. 조금은 당황스럽고 신기하기까지 했다. 내가 부모님을 그렇게 생각하고 있었다니.

슬슬 마무리하려던 산책을 조금 더 이어갔다. 다시 천천히 걷기 시작했다. 나는 왜 더 이상 부모님을 원망하고 있지 않은 것일까? 과연 언제부터 부모님을 이처럼 고마움의 대상으로 여기게 된 것일까? 어린 시절부터 이 시점까지 천천히 되짚어 보았다. 그러다 선명하게 기억나는 한 순간이 떠올랐다. 인도의 보드가야에서의 일이다.

어머니는 독실한 불교 신자는 아니셨지만 종종 절에 가셨다. 종교 자체가 좋아서라기보다는 가족을 위해 그곳에 가셨던 것 같다. 그리고 항상 땀을 흘려가며 몸으로 기도하셨다. 기도의 대상은 언제나 본인보다는 가족이었고, 한번 절을 시작하면 한참이 지나도 끝이 날 줄 몰랐다. 그리고 언젠가부터는 불교 성지를 찾아다니며 기도를 하고 오셨는데, 그중 한 곳이 보드가야였다.

나는 인도를 여행하는 김에 어머니가 다녀온 보드가야를 들를 생각이었다. 그리고 어머니처럼 가족을 위해 기도할 계획을 세웠다. 얼마 후 보드가야에 도착한 나는 어머니가 기도를 드렸다는 마하보디 사원의 보리수나무를 찾아갔다. 사원은 생각보다도 훨씬 넓었고 줄을 서서 들어가야 할 정도로 많은 사람

들로 붐볐다.

마주한 보리수나무는 그 위용이 실로 대단했다. 열 명이 와도 안을 수 없을 것 같은 큰 둘레에, 뻗어 있는 줄기들은 하나같이 번개처럼 휘어져서 멀리 뻗어 있었다. 그런데 그 앞에 있는 나는 이상하게 덤덤하기만 했다. 무언가 깨달을 것만 같은 이곳에 와 있었지만 마음에 와닿는 게 별로 없었다. 그저 나는 고개를 숙여 잠깐 기도를 하고 그곳을 금세 빠져나왔다.

그런데 그날 저녁 나는 어머니와의 통화에서 뜻밖에 얘기를 듣게 되었다. 내가 당신의 여행을 따라 이곳에 왔다고 하니까 어머니가 말씀하셨다. 처음엔 네 여행을 이해하지 못했지만 이제는 응원하고 있다고. 더 재미있게 경험하다 오라고 하셨다. 그 순간 어머니께 내가 경험한 것들을 더 들려드리고 싶었다. 마치 좋아하는 연인과 통화하는 것처럼 끊기가 아쉬울 지경이었다.

나는 부모님이 많은 것을 주셨어도 고마워하질 않았는데, 부모님이 내가 하고 싶어 하는 일을 인정해 주자 마음이 풀리기 시작했다. 오히려 물질적으로는 아무것도 주지 않았는데도 마음이 든든하고 조력자가 생긴 것처럼 힘이 났다. 그렇게 그때부터 부모님에게 다시 마음을 열기 시작했다.

내가 그동안 부모를 원망하느라 보지 못하고 있었던 것은

더 이상 미루면 포기할 것 같아서

두 가지였다. 하나는 부모님이 나를 꿈꾸게 해 주었다는 것이고, 다른 하나는 그 꿈을 이룰 수 있는 능력을 주었다는 것이다. 어릴 때부터 왜 해야 하는지 모르는 공부는 괴롭기만 했다. 그런데 다행스럽게도 부모님이 억지로라도 공부를 시켰기 때문에 꿈을 볼 수 있는 기회가 생겼다. 확실히, 편입해서 들어간 학교의 친구들은 공부에 적극적이고 열심이었다. 그리고 그곳을 졸업하고 취업한 회사는 내가 모르던 세상을 여러 방식으로 보여 주었다. 세계 일주를 1년이나 다녀온 멋진 동료가 있었고, 해외 출장을 통해 색다른 경험을 할 수 있었다. 그 경험은 내가 세계 일주를 꿈꾸게 된 결정적인 계기가 되었다. 내 삶의 과정이 완벽하진 않았지만 그것은 부모님에게 최선이었을 것이다. 만약 더 나은 방법과 그것을 할 수 있는 사정이었다면 부모님은 틀림없이 그렇게 하셨을 테니까.

부모님 덕분에 꿈을 꿀 수 있게 되었지만 그것을 이루는 것은 쉽지 않았다. 대부분의 사람들이 꿈과 현실 사이에서 머뭇거리는 것처럼 나 또한 4년 동안 꿈꾸고 포기하기를 반복했다. 그러나 결국에는 부모님이 내게 주신 능력 때문에 나는 세계 일주를 떠날 수 있었다. 그 능력은 바로 성실함이었다.

4층 건물의 반지하, 4인 가족. 이게 어린 시절 우리 집의 현실이었다. 작은 방 한 칸에서 네 명이 함께 지냈다. 그런데 세월이 지나면서 부모님은 반지하에서 1층으로, 1층에서 3층으

로 옮겼고, 결국에는 그 건물의 주인이 되셨다. 부모님의 삶은 성실 그 자체였고 나와 형은 항상 그 모습을 보며 자랐다. 그래서 자연스레 부모님의 성실함이 그대로 몸에 배어 있었다. 그러다 보니 열심히 하는 게 특기인 사람이 되어 버렸다.

성실함은 큰 자산이었지만 안타깝게도 부모님이 정해준 길이 나와는 너무 맞지 않았다. 웬만큼 힘들면 포기하고 다른 것을 해도 됐을 텐데, 꾸역꾸역 그 일들을 해내다 '펑!' 하고 터져 버렸다. 그렇게 마음이 완전히 망가져서 아무것도 할 수가 없었다. 그러나 정말 아이러니하게도 나를 고통스럽게 했던 그 성실함이, 내 꿈을 이루는 원동력이 되었다. 그렇게까지 괴롭지 않았다면 꿈과 현실 사이에서 고민하다가 포기하고 말았을 것이다. 성실함 때문에 꾸준히 쌓인 그 고통이 꿈꾸던 세계로 가는 탈출구가 된 것이다. 그리고 그 성실함은 하고 싶었던 꿈을 만나자, 나를 거기에 몰입하게 만들었고 '미친놈'이라는 소리까지 듣게 만들었다. 게다가 여행 후 다녀온 공무원 시험도 그 성실함을 통해 합격할 수 있었다.

생각이 여기에 미치자 안도의 한숨이 절로 나왔다. 휴…, 정말 세계 일주를 다녀오길 잘했구나. 여행을 떠난 순간 부모님에 대한 원망이 사라졌고, 여행을 하며 부모님과 대화하고 싶은 마음이 생겼다. 그리고 내가 하고 있는 일을 인정받고서야 비로소 부모와 친구처럼 대화할 수 있었다. 그런 과정을 거치고 나자 부모님의 모습이 제대로 보이기 시작했다. 부모님은 억지로 공부시킨 게 아니라 나에게 꿈꿀 기회를 주기 위해 헌신한 것이었다. 그리고 그들이 보여 준 성실함은 어쩔 수 없이 참는 능력이 아니라 이 사회를 살아가는 데 필요한 중요한 삶의 기술이었다.

그래서 여행을 다녀온 나는 수 초도 안 돼서 대답할 수 있었던 것 같다. 내가 살면서 가장 잘한 일은 부모님의 아들로 태어난 것이라고.

더 이상 미루면 포기할 것 같아서

9

나를 믿고, 다시 한번 더

잊고 있었던
가슴 뛰는 삶

여느 때처럼 열심히 하루를 버텨 내는 날이었다. 그날도 퇴근만을 기다리며 쌓인 일들을 처리하고 있었다. 그때 선임이 지나가는 말로 일이 잘 진행되고 있냐고 물었다.

나는 방법을 찾고 있다고 말씀드렸다. 몇 주 전에 문제가 발생했는데, 해 본 적이 없는 일이라 애를 먹었기 때문이다. 그러자 선임은 단단히 힘을 주어서 내가 잘못했다고 말했다. 평소에는 그렇게까지 하지 않는데, 이번 일은 중요하기 때문에 확실하게 주지시켜야겠다고 생각한 거 같았다.

선임과 달리, 나는 그 잘못이 나에게만 있다고 생각하지 않았기 때문에 크게 신경을 쓰지 않았다. 제일 먼저 출근했고 점

더 이상 미루면 포기할 것 같아서

심을 먹고 쉰 적 없이 일한 나였기 때문에 뭔가가 잘못됐다면 그건 그럴 만한 이유가 있었기 때문이라고 생각했다. 그래서 그냥 죄송한 척 고개를 숙이고 있었다. 어느 정도 답이 정해져 있는 선임이라서 토를 달면 나에게 불리했다. 그래서 잠깐 내 마음을 꺼 버리는 게 훨씬 편했다. 그렇게 하면 금방 이 시간을 때울 수가 있었다.

그렇게 선임의 책상과 창문 그 1미터도 안 되는 사이에서 멍하니 서 있었다. 한동안 그의 얘기가 이어졌고 나는 고개를 숙인 채로 돌처럼 굳어 있었다. 보통 때 같으면 묵묵히 잘 듣고 있었을 텐데 오늘은 기분이 좀 이상했다. 그동안 잘 지나쳐 왔던 표정 없는 내가 느껴졌다. 마음이 죽은 듯 서 있는 내가 안쓰럽고 불쌍했다. 그리고 그 순간, 며칠 전 민혜와 함께한 생생했던 시간이 떠올랐다.

5년 만에 만난 민혜는 청바지에 하얀색 티셔츠 차림이었다. 마주한 그 친구의 눈은 예전보다 살짝 더 커진 듯했고, 더 깊고 생생하게 빛났다. 얼굴은 성숙했다기보다는 좀 더 지적인 느낌이 묻어났고 윤기 나는 검은 단발이 잘 어울렸다. 그리고 정말 다행스럽게도 세상 사랑을 다 받은 사람 같은 천진난만함이 그대로 남아 있었다.

민혜와는 같은 대학교에서 직원과 근로 학생으로 만났다.

민혜는 항상 공손하게 나를 '선생님'이라 불러 주었고, 우리는 여러 면에서 잘 맞았다. 나이 차가 꽤 나지만 그 누구보다 대화가 잘 통했다. 음악 하나만 가지고도 같이 리듬을 타며 놀 수 있었으니까. 그리고 이 친구는 내가 모두로부터 도망쳤을 때에도 드문드문 연락을 주곤 했다. 재밌는 건 민혜가 나를 선생님이라고 불렀지만, 나는 오히려 이 친구를 선생님 같이 느꼈다는 것이다. 내 우울하고 못난 과거와 다르게, 그 친구는 너무나 당당하고 매력적이었다.

하루는 센터를 관리하는 교수님과 직원, 그리고 근로 학생들이 모여 회식을 했다. 슬슬 자리가 무르익으면서 술잔이 여러 번 돌았다. 자리의 중심은 교수님이었고 우리는 조연처럼 그를 받들고 있었다. 그런 와중에 교수님 바로 앞에 앉아 있던 민혜가 교수님에게 물어볼 게 있다고 했다. 교수님은 흔쾌히 물어 보라고 했고, 그 친구는 참 밉지도 않고 예쁘게 물었다. "교수님 수업은 왜 그렇게 졸려요?" 교수님은 어찌나 당황했는지 들고 있던 잔을 어찌지 못한 채 대꾸할 말을 찾고 있었다. 난 잘못 들은 건 아닌가 하고 내 귀를 의심했었다. 항상 그랬다. 예의 바르고 성실하지만, 어떤 권위 앞에서도 자신의 감정을 속이지 않았다. 게다가 말을 참 예쁘고 매력적으로 해서, 그 친구를 사람들이 미워할 수가 없었다.

우리는 분위기는 좋지만 메뉴는 영 엉망이었던 점심을 먹으면서 신나게 대화를 나눴다. 주로 민혜가 그동안의 얘기를 나에게 풀어 놓았다. 그 친구는 그간 몇 군데 회사에서 일을 했고 지금은 사업을 하고 있다고 했다. 그리고 얼마 전에는 스위스 기관에 합격해서 일하게 될 것이라는 기쁜 소식도 전해 주었다. 지난 5년이라는 시간 동안 나도 나지만 이 친구에게도 정말 많은 일이 있었다.

민혜는 사회에 나와서도 자신의 감정과 의사를 솔직히 표현해서 어려움을 겪은 얘기도 내게 해 주었다. 처음에는 자신을 오해하게 만드는 주변의 말들 때문에 너무나 힘들었지만 옳다고 생각하는 바를 굽히지 않았다고 했다. 그렇게 해서 결국에는 문제도 해결하고 자신을 좋아하는 사람들이 더 많이 생겼다고 했다. 그리고 지금은 안정보다는 다양한 경험을 쌓아야 할 때라 스위스로 갈 거라고 밝게 웃으며 말했다. 그 모습을 보고 있던 내가 "미소가 좋아서 다행히야"라고 하자, 스위스 면접관들도 같은 말을 했다고 신이 나서 말했다. 안 봐도 훤했다. 정말로 이 친구의 미소는 상대를 기분 좋게 만드는 매력을 가지고 있었다. 누가 봐도 진짜로 생생하게 살아 있는 미소라고 느꼈을 것이다. 대화는 시간 가는 줄 모르고 이어졌다. 마치 서로의 배려로 아름다웠던 러시아에 다시 온 느낌이었다.

그러나 민혜와 함께한 순간이 마냥 좋은 것만은 아니었다. 정말 행복했지만 점점 슬퍼졌다. 민혜는 생생하게 살아가고 있

더 이상 미루면 포기할 것 같아서

는데 나는 시들어 가고 있어서 너무나 비교가 됐다. 직감적으로 알 수 있었다. 오늘이 마지막일지도 모르겠다고. 그리고 어느새 인가 민혜의 프로필 사진은 민혜가 말한 곳으로 바뀌어 있었다.

민혜를 만난 뒤 잊고 있던 가슴 뛰는 삶이 다시 생각나기 시작했다. 그리고 알 수 있을 거 같았다. 이렇게 억지로 삶을 버텨 내고 있다가는 하고 싶은 일도 사랑도 제대로 못 해 보고 끝날 거라는 것을. 나는 민혜처럼 도전하고 자기 자신을 표현하는 사람이 좋았다. 그런 사람과 대화하면 시간 가는 줄 모르고 빠져들었다. 그래서 그런 사람을 만나 사랑하며 살면 좋겠다 싶었다. 그런데 반대로 생각해 보면 그런 사람 역시 자신과 비슷한 사람을 좋아할 거라는 생각이 들었다. 현실과 끝없이 타협하고 있는 나는 그런 사람을 만날 수 없을 것만 같았다. 그리고 생생한 삶 역시도 살아 낼 수 없을 거 같았다.

이런저런 생각이 잠들어 있던 나의 마음을 깨우기 시작했다. 그러자 사라진 줄 알았던 화가 치밀어 올랐다. 고개를 수그리고 바보처럼 서 있는 내 모습이 너무나 싫어서 견딜 수가 없었다. 부모님과 심하게 다툰 그날보다도 더 화가 났다. 그때는 억울해할 이유라도 있었는데, 지금은 오롯이 내 선택의 결과였다. 나는 생생하게 살아 보겠다며 여행까지 다녀와 놓고서는 똑같은 실수를 되풀이하고 있었다.

하고 싶은 일이란

잊고 있던 감정을 마주한 이후로 한 가지 물음이 머릿속을 떠나지 않았다. 나와 민혜는 무슨 차이가 있을까? 어떤 차이가 있어서 그 친구는 점점 더 빛이 나고, 나는 반대로 시들어 가고 있는 것일까? 어떻게 하면 나도 다시 가슴 뛰는 삶을 살 수 있을까?

민혜와 대화하면서 느꼈던 나의 결핍을 떠올려 보았다. 어느 상황에서고 자신의 감정을 표현하는 솔직함과 하고 싶은 일을 찾아 떠나는 용기가 부러웠다. 그 친구는 자신의 색을 지키는 일에 타협이 없었고 나는 어쩔 수 없다며 적당히 물러섰다. 또한 민혜는 과감하게 자신의 색을 알아봐 주는 곳을 찾아 나섰고 나는 어쩔 수 없다며 이곳에 열심히 적응하려고 하고 있었다. 차이는 분명했고, 그 친구처럼 살아 내는 방법은 간단했다. 용기 내서 나를 드러내고, 하고 싶은 일을 찾아 나서면 됐다.

그러나 그 간단한 방법을 도무지 어디서부터 어떻게 시작해야 할지는 감도 오지 않았다.

용기 내서 나를 드러내 볼까? 앞으로는 하고 싶은 말을 하고 당당하게 맞서 볼까? 그러면 정말 괜찮아질까? 나도 그런 생각을 전혀 안 해 본 것은 아니었다. 내 주변에도 요령껏 목소리를 내면서 자신을 지키는 사람이 여럿 있었다. 그들의 시도는 처음에는 윗사람들에게 눈총을 받았지만 점점 익숙해져 갔다. 그것을 원하는 사람들이 훨씬 많았기 때문이었다. 비슷한 상황이 한두 번 이어지니 다른 사람들도 목소리를 내고 조금씩 조직의 분위기가 바뀌기 시작했다. 그런 선배나 선생님들을 보면서 멋지다고 생각했다. 그리고 목소리가 통하는구나 싶어서 묘하게 통쾌하기도 했다.

그러나 안타깝게도, 나는 목소리를 내고 싶은 마음 자체가 없었다. 1년을 일하는 동안 아주 작은 설렘도 발견하지 못했다. 그리고 돈이 아니라면 이 일을 해야 할 나만의 의미도 찾아내지 못했다. 나는 여행을 통해 너무나 자유로운 생각을 가지게 되었는데, 지금 하는 일은 나를 만족시켜 줄 수 없었다. 그래서 나의 정신은 물이 부족한 나무처럼 하루하루 말라 가고 있

더 이상 미루면 포기할 것 같아서

었다. 나는 '안정적인 길'이라는 것에 속아 번번이 최악의 수만 골라 두고 있었다.

그렇다면 하고 싶은 것을 찾아볼까? 그런데 하고 싶은 것이란 무엇일까? 질문에 질문이 계속 따라왔다. 어서 빨리 답을 찾고 싶은데 한 문장을 넘어가기가 쉽지가 않았다.

얼마간을 노트에 적고 지웠을까. 까매진 글자 사이로 내 여행이 보였다. 아마도 '하고 싶은 일'이라는 것은 '누가 시키지 않아도 하는 것'이지 싶었다. 내가 했던 여행은 모두가 뜯어말리는 일이었고. 돈이 안 나와도 하는 일이었고, 그걸 할 돈이 없으면 돈을 만들어서라도 하는 일이었다. 여행은 당시에 내가 하고 싶은 일이었고, 내가 좋아서 누가 시키지 않아도 실행했던 일이었다.

여행을 한다고 매 순간 가슴이 뛰거나 좋은 것은 아니었다. 오히려 다음 여행을 준비하는 과정은 힘들고 외롭기까지 했다. 그러나 하고 싶은 일을 한다는 것 자체가 기쁨이었고 그 과정에서 자유와 행복을 찾을 수 있었다. 그렇다면 지금 그런 마음을 일으키는 일이 있는가? 곰곰이 생각해 봐도 달리 떠오르는 게 없었다. 반대로 어서 빨리 끝났으면 하는 일들은 잔뜩 있었다. 그렇다면 누가 시키지 않는 일이라는 건 어떻게 찾을 수 있을까?

그런 일을 찾기 위해서는 새로운 것을 경험하고 가능성을

발견할 시간이 필요했다. 마음이 두근거리는 일을 찾기 위해서는 이보다 더 좋은 방법이 없었다. 그런데 나에게는 시간이 제약이었다. 나이가 많았고, 그나마 있는 시간마저도 다시 일하기 위한 에너지를 채우는 데 쓰고 있었다. 소중한 시간이 이상한 방식으로 허비되고 있었다. 그렇다고 집에 와서 노력을 안 하는 것도 아니었다. 그러나 관심 없는 곳에 온 정신을 다 써버리고 나면 정작 나를 위해 쓸 머리가 남아 있지 않았다. 게다가 앞으로 결혼을 하거나 애를 낳으면 이 시간마저도 사라질 게 뻔했다.

나는 돈보다 시간이 귀했고 그래서 가능한 빨리 그만두기로 했다. 그것이 하고 싶은 일을 할 수 있는 꽤 좋은 방법이었다. 내가 이렇게 생각하게 된 계기는 4년간 포기했던 여행을 다녀오고 난 후였다. 한번 세계 일주라는 꿈을 꿔 버린 내게는 두 가지 선택지가 있었다. 그 꿈을 이루거나 아니면 포기하고 '해볼 걸' 하면서 평생 후회하거나.

다행히 꿈을 이루긴 했지만 막상 떠나고 나서야 알게 된 것이 있었다. '진작 떠났더라면 더 좋았을 거라는 것.' 단순히 과거를 후회하는 게 아니라 정말로 일찍 시작하는 것이 삶에서 유리했다. 4년 전이 더 젊었고, 더 건강했으며, 돌아온 후에 남아 있는 시간도 더 많았다. 한 마디로 더 많은 가능성이 있었다.

그리고 가능한 빨리해야 하는 중요한 이유가 한 가지 더 있

었다. 그것은 바로 미루다 보면 하지 못할 가능성이 높아진다는 것이다. 마음이 일었을 때 하지 않는다는 것은 또 하나의 적당한 타협일 수 있기 때문이다.

여행을 미뤘던 것처럼 지금을 미룬다면 어떻게 될까? 내게 앞으로 벌어질 일들이 눈앞에 그려졌다. 시간이 지날수록 일은 편해질 것이고 그러면 적당히 만족하며 살아갈 것 같았다. 결혼도 지금 머무는 마음처럼 또 그렇게 적당히 하게 될 것 같았다. 그런 마음으로는 일도 사랑도 생생하게 할 수 없겠다 싶었다. 그리고 무엇보다 책임이 늘어나면 그때는 정말로 도전하지 못할 거 같았다. 그땐 나 혼자만의 문제가 아닌 게 되기 때문이다.

다시 한번 마음을 굳혔다. 책임질 일을 만들지 않은 지금이, 다시 한번 도전하기에 최적기라고. 그래서 나는 가능한 빨리 '내가 좋아서 남이 시키지 않아도 하는 일'을 찾아 떠나기로 결심했다. 그리고 이번만큼은 절대로 똑같은 후회를 되풀이하고 싶지 않았다.

생생한 삶을
몸에 새기다

"이젠 정말로 돌아갈 수 없겠구나. 억지로 버티며 사는 삶으로
는." 샤워를 마치고 물기를 닦던 나는 왼쪽 팔목에 새겨진 타투
를 보며 나지막하게 중얼거렸다.

　모처럼 상위 기관에서 업무 교육을 받던 날이었다. 수령할
문서가 있어서 혹시나 잊을까 봐 손등에 '문서 수령'이라고 메
모를 해 놨었다. 옆자리에 앉아 있던 은지가 그곳을 가리키며
장난스럽게 물었다.

　오빠, 손에 타투했어요?
　— 아, 오늘 찾아가야 할 문서가 있는데 깜빡할까 봐 써 놨어.

그렇게 말하고 손등을 바라보는데 문뜩 스치는 생각이 있었다. 인생에서 중요한 것들을 이렇게 써 놓으면 좋겠구나. 그러면 지울 수도 없고 매일 봐야 하니까 잊으려고 해도 그럴 수 없겠지? 그런데 공무원이 타투라니, 내가 무슨 생각을 하고 있는 거지? 나는 손등에 둔 시선을 거두고 가볍게 웃어넘겼다.

다시 한번 '하고 싶은 일'을 찾기로 결심한 나는, 타투 하는 것을 진지하게 고민하게 되었다. 아주 대단한 즐거움을 주지 않는다고 해도 내 마음이 가리키는 일을 찾고 싶었다. 그렇게 선택한 일에 어떤 불안한 수식어가 붙는다고 해도 이제는 상관이 없었다. 오히려 그렇게 시작할 수만 있다면 잘해 낼 수 있을 거 같았다. 버티는 데 필요했던 '노력'에게 제대로 된 주인을 만나게 해 주고 싶었다. 그러면 나의 시간과 정성이 꽃을 피울 수도 있겠다 싶었다.

그러나 꿈에 그리던 여행을 다녀오고도 다시 공무원을 선택한 나였기에, 도무지 나를 믿을 수가 없었다. 그때는 공무원 시험이 어쩔 수 없는 최선의 선택이라고 생각했지만, 지나고 보니 아까운 2년이었다.

나를 크게 탓할 생각은 없다. 이미 지난 일이었다. 그때의 나는 정말로 지쳐 있었고 부모님을 실망시키고 싶지도 않았다. 그러나 그 결과는 분명했다. 눈빛에 생기를 잃고 지루한 날들을 연장하고만 있었다. 그러다 힘들게 들어온 이곳을 또 떠나려 하고 있었다. 이번에는 달라야만 했다. 더 이상 똑같은 실수를 반복하며 후회하고 싶지 않았다.

지이잉, 지이잉…. 얇고 가는 세 개의 바늘이 빠르게 진동하며 피부 안을 파고들었다. 그리고 작은 잉크 방울들이 한 점씩 내 몸에 박혀 들어왔다. 나는 차마 타투 시술 부위를 쳐다보지도 못하고 고개를 돌려 창밖만 올려다보았다. 딴생각에 집중해도 고통이 줄어들지 않는데, 막상 피라도 보면 더 무서워질 거 같았기 때문이었다.

이번의 결심을 또 포기하고 싶지 않았던 나는 정말로 타투를 하러 와 있었다. 처음에는 망설였지만 이렇게 해서라도 절대 까먹지 말아야겠다고 생각했다. 세수를 할 때, 밥을 먹을 때, 잠들기 직전. 그렇게 수시로 내 결심을 보게 된다면 계속 자각할 수 있을 거라고 생각했다. 그리고 무엇보다 눈에 빤히 보이는 곳에 내 결심이 적혀 있는데, '이번에는 어쩔 수 없다'며 나를 속일 수가 없을 거 같았다.

고민 끝에 새기기로 한 문구는 'Make my life art for freedom. Never never never give up(내 삶을 자유를 위한 예술로 만들 것. 절대 절대 절대 포기하지 말 것)'. 생각해 보면 나는 이미 여행을 통해 내가 원하는 삶의 모습을 찾았다. 인도 보드가야에서 기차표를

더 이상 미루면 포기할 것 같아서

구하던 그때 나는 내 이름에서 그 힌트를 발견했다. '규영: 인생을 스스로 예술처럼 만들어라.' 그래서 손목 아래쪽에 'Make my life art for freedom'을 새겼다. 여기에 'for freedom'이 추가된 것은 하고 싶은 일을 통해 자유로워지고 싶었기 때문이다. 가슴 뛰는 일을 한다고 해서 가난하고 싶지는 않았다. 그리고 구질구질한 건 더 별로였다. 없어도 당당하게 살고, 하고 싶은 일을 열심히 해서 잘 살아 내고 싶었다. 그래서 결과적으로는 그 일로 나를 경제적·시간적으로 자유롭게 만들고 싶었다. 그리고 같은 손목 위쪽에는 그러한 결심을 절대 잊지 말자는 의미로 'Never never never give up'을 새겨야겠다고 생각했다. 워낙 세상과 잘 타협하는 나라서 'never' 하나로는 부족했다. 문구는 다 정했고 몸에 새길 위치는 왼쪽 손목으로 정했다. 아직 공무원 생활이 남아 있으니까 시계로 가릴 수 있으면 좋겠다고 생각했기 때문이다. 굳이 여러 사람 입에 오르내리고 싶지 않았다.

타투이스트 선생님은 남자가 이렇게 가는 글씨를 새기러 오는 경우는 거의 없다고 하셨다. 보통 남자들은 크고 강한 걸 좋아한다고. 그래도 글자 수가 팔목에 딱 맞아서 예쁘게 새겨질 거 같다고 하셨다. 그러면서 한 글자 한 글자를 신중하게 그려 넣어 주셨다. 'art'라는 글씨가 손목 아래 혈관 부위를 지나고 있었다. 신경이 많은 부위라서 그런지 더 큰 고통이 밀려왔다. 마치 앞이 뭉뚝해진 커터 칼로 살을 빠르게 짓이기는 거 같았다. 입술을 꽉 다물고 이 순간을 분명히 기억했다. 마치 고통으로 머릿속 결심을 몸에 박아 넣는 것만 같았다.

삶의 주인공
되어 보기

결심은 했지만 그렇다고 불안한 마음이 없는 것은 아니었다. 아무래도 돈 문제가 가장 걸렸다. 매달 지출해야 할 돈이 일백만 원이 훌쩍 넘었다. 대출받은 집 이자, 생활비, 세금, 그리고 부모님께 드려야 할 용돈까지. 얼마나 버틸 수 있을지 계산을 해 봤다. 대략 1년 정도를 내게 선물할 수 있을 거 같았다. 그런데 보통 계획이라는 건 잘 지켜지지 않고 어떤 일이 생길지 모른다.

최악의 상황을 생각해 봤다. 만약 이번 도전이 잘못된다면 나는 어디까지 떨어지게 될 것인가? 그리고 그것을 나는 견뎌

낼 수 있을 것인가? 내가 생각하는 최악은 두 가지였다. 첫 번째는 기간 내에 하고 싶은 일을 찾지 못하는 것이고, 두 번째는 결혼을 못 하게 되는 것이었다.

엄밀히 말하면 기간 내에 하고 싶은 일을 찾지 못하는 것은 큰 문제는 아니었다. 애초에 포기할 생각이 없었고 멈추지 않으면 반드시 발견할 수 있을 거라고 생각하고 있었기 때문이다. 정작 문제는 또다시 '무엇을 하며 먹고살 것인가'였다.

흔히 말하는 좋은 직장에는 들어가기 힘들 거 같았다. 더울 때 덥게 추울 때 춥게 일을 하거나, 안전성을 보장받지 못하는 일을 하거나, 휴일을 제대로 쉴 수 없을지도 모르겠다고 생각했다. 그러나 이런 일들은 대부분 꼭 필요하고 값진 일들이었다. 도전의 실패로 이러한 일들을 하게 된다면 나는 기꺼이 받아들일 수 있었다.

지금 하는 일이 괴로운 이유는 전혀 관심 없는 일들을 계속 배워야 한다는 점이었다. 업무가 바뀌면, 근무지가 바뀌면 또 다른 형태의 관심없는 것들을 머릿속에 집어넣어야만 했다. 그래서 난 오히려 몸으로 하는 성실한 노동이 더 좋았다. 그리고 지금 하는 일에서 통제권을 가지려면 10년 이상을 기다려야 했다. 실장이 되어야 비로소 그 작은 조직 내에서 명령을 듣지 않을 수 있었다.

몸으로 하는 일이라면 지금이라도 어느 정도 내 노동량을 통제할 수 있었다. 내가 딱 쓸 만큼만 번다면, 그러면 나는 그만큼 시간을 더 가질 수 있었다. 다행스럽게도 뉴스에서는 젊은이들이 힘든 일을 기피한다는 뉴스가 종종 나오고 있었다. 그렇다면 그 일을 내가 하면 되겠다 싶었다.

그런데 여기에 이어지는 문제가 있었다. 사회적으로 평판이 낮은 직업을 갖게 되면 결혼하기 힘들다는 것이었다. 그렇지만 나는 이 부분에 대해 전혀 불만이 없었다. 그러한 걱정은 이곳에 있다고 크게 달라질 일은 아니었기 때문이다.

지난 1년간 좋은 기회가 여러 번 있었지만 마음이 움직이는 일이 없었다. 즐겁게 대화하고 서로에게 기쁨을 주기도 했지만 그 이상의 감정이 생기지는 않았다. 그렇다고 내가 까다로운 사람은 아니었다. 나는 그저 좋아하는 사람이 분명했고 여기에 그런 인연이 없을 뿐이었다. 가끔은 너무 외로워서 누군가를 만나기도 해 봤지만 그건 둘 모두에게 상처가 되었다. 누구도 잘못한 사람이 없는데, 헤어져야 한다는 건 참 설명하기 어려운 일이었다.

100퍼센트 만족하는 게 어디 있냐고, 그냥 만나라고 말하는 사람들도 있었지만 그 사람들은 정말 모르고 있었다. 나는 100퍼센트를 원하는 게 아니었다. 조금이라도 가슴 뛰는 만남을 원할 뿐이었다. 나는 가슴 뛰는 만남을 경험해 봤고 아직도 그 기억이 남아 있었다.

더 이상 미루면 포기할 것 같아서

이곳은 나에게 안 맞는 플레이그라운드라고 생각했다. 여기에 있으면 결혼은 힘들 것 같았다. 그래서 인도에서 러시아로 이동했던 것처럼 움직이면 되지 싶었다. 그렇게 나에게 맞는 장소로 이동하면 분명 인연을 만날 수 있을 거라고 생각했다.

내가 가장 걱정하고 있던 상황은 먹고 사는 문제와 결혼이었는데 결과가 같았다. 지금이나 최악의 사항이나 별반 다를 게 없었다. 바꿔 말하면 지금이 최악의 상황이었다. 이건 언젠가 많이 본 상황이었다. 여행을 가기 전에도 꼭 이런 상황과 마음이었다. 내가 용기가 있어서가 아니라 도저히 다른 방법이 없어서 떠나야만 했다. 그런데 지금은 또 다른 이유로 지금의 일을 그만둬야 했다.

생각해 보면
처음부터 참 이상한 일이었다.

내 삶이니까
내가 주인공으로서
내가 하고 싶은 일을 하며
살고 싶을 뿐인데
평생 남이 원하는 것만
하며 살아 왔다.

'아차!' 싶어서
이제라도 해 보겠다는데

이게 그렇게나
어려워야 한다면,
이렇게나
큰 결심이 필요하다면
분명 내가 모르는
무엇이 있는 게 분명했다.

내가 주인이 아니거나
누군가 그 권리를 가져갔거나
아니면 그냥 주어지는 게 아니거나.

어쩌다 '하고 싶은 일을 하는 게' 이렇게나 어려워졌는지 그
이유는 잘 모르겠다. 그렇지만 한 가지만큼은 분명했다. 내가
정말 두려워할 것은 지금 상황에서 아무것도 하지 않는 것이었
다. 멋진 장면을 쉽게 보여 주지 않았던 여행의 순간들처럼 생
계나 결혼에 대한 불안감은 인생의 주인공으로 살기 위한 과
정처럼 느껴졌다. 그래서 지금 가장 먼저 해야 할 것은 삶의 주

도권을 되찾아 오는 것이었다. 삶의 핸들을 꽉 쥐고 '하고 싶은 일'을 찾아야 했다. 그렇게 해서 일을 미움이 아닌, 의미 있는 대상으로 바꿔야 했다. 의미만 발견할 수 있다면 그 일은 대단할 필요도 없었다. 그리고 그렇게 된다면 일을 할수록 기쁨이 쌓일 것이고 그만큼 행복한 순간들이 늘어나게 될 것이라는 생각이 들었다.

부모와의
적절한 거리

막상 그만두려고 하니 부모님 생각이 가장 많이 났다. 지금도 합격을 전했을 때 부모님이 기뻐하시던 표정이 생생한데, 어떻게 말을 꺼내야 할지 엄두가 나지 않았다.

아버지는 감정을 잘 표현하지 않는 분이라서 겉으로 보기에 좀 무뚝뚝해 보일 수 있다. 그러나 내가 느끼는 아버지는 자상하고 부끄러움이 많은 사람이다. 아버지의 아버지와 살갑게 지낸 경험이 없어서 나에게도 그럴 수 없겠거니 싶었다. 그런데 그런 아버지가 나의 합격 소식을 듣고 크게 미소 지으면서 웃으셨다. 나는 아버지가 그렇게나 환하게 웃을 수 있다는 것을 처음 알았고 그래서 더 기뻤다. 반면 항상 대범하게 일을 처리하는 어머니는 "고생했다"는 말 외에 큰 표현은 없으셨다. 그러나 표정에 다 드러나 있었다. 작은아들 때문에 걱정이 많았는데 이제 한 시름 놓아도 되겠다고.

그런 부모님의 마음을 알기에 그만둔다는 말을 하는 것은 쉽지 않았다. 어떻게든 실망과 상처를 드릴 수밖에 없을 테니까. 그래서 말씀을 드려야 할지 말지를 한참을 고민하다가 결국은 말씀드리지 않기로 결정했다. 부모님이 그토록 바라던 공무원을 그만둔다는 것은 이해를 받을 수 있는 문제가 아니라고 생각했다. 내가 어떤 구구절절한 스토리를 풀어 놓는다고 해도 자살골을 넣겠다는 얘기로 들릴 것 같았다.

그렇다고 이런 부모님을 이해 못 하는 건 아니었다. 과연 6·25 전쟁 직후에 태어난 부모님이 '하고 싶은 일'을 상상할 수나 있었을까? 아마도 부모님에게 가장 중요한 것은 '생존'이었을 것이다. 그리고 살면서 몇 번의 위기를 겪었을 부모님에게는 안정이 최우선이었을 거다. 어쩌면 그것이 지극히 당연한 일이었을지도 모르겠다.

그러나 나는 안정만 선택한 길에서 즐거움과 행복이 빠져 있는 우리 가족의 모습을 수시로 경험하며 자랐다. 원하지 않는 것을 하는 개인에게는 즐거움이 없었고 그런 개인이 모인 가족이 행복하기는 힘들었다. 서로를 위해 노력하지만 그 누구도 어떻게 해야 행복해지는지 모르는 거 같았다.

더 이상 미루면 포기할 것 같아서

다행스럽게도 시대는 조금씩 변해 왔다. 오히려 지금은 행복을 추구하는 사람들이 여러 방면에서 두각을 나타내고 있다. 자신이 하고 싶은 것을 빨리 찾아서 노력하는 사람들이 믿을 수 없는 성공을 거두고 있다. 그러나 부시맨에게 사막에 떨어진 콜라병을 설명하는 것처럼, 부모님께 이런 현실을 설득하는 것은 매우 어려운 일이라고 생각했다. 자칫 잘못하면 부모의 기대를 져 버린 아들로, 아들의 마음도 몰라 주는 서운한 부모로 평행선을 달리며 상처만 낼 거 같았다. 나는 서로가 이해받을 수 없는 일로 상처를 내며 이 가능성의 시간을 소비하고 싶지 않았다.

그리고 또 다른 이유는 부모와 마찬가지로 나 또한 어른이기 때문이다. 어렸을 때 슈퍼에서 초콜릿을 슬쩍 한 적이 있었다. 주머니에 잘 집어넣고 두근거리는 마음으로 빠져나오는데 주인아저씨께 딱 걸렸다. 그래서 가게 구석에서 손을 번쩍 들고 한참을 서 있어야 했다. 그러나 아저씨는 내게 책임을 묻지는 않으셨다. "부모님께 전화해서 오시라고 해." 떨리는 아들의 목소리를 들은 부모님은 황급히 달려오셨다. 그리고 내 잘못에 대한 책임을 대신 지셨고 연신 사과를 하셨다. 그러나 이제 나는 어떻게든 나 하나 정도는 책임질 수 있는 능력이 있는 어른이었다. 누군가에게 피해만 주지 않는다면, 내가 하고 싶은 일에 누군가의 허락을 구할 필요가 없었다. 그래서 내가 책임만

진다면 공무원을 그만두는 것도 굳이 말씀드릴 필요가 없었다. 물론 부모님이 서운해하실 거라는 건 너무도 잘 알고 있었다. 그리고 그 마음을 이해 못 하는 것도 아니었지만 서운해할 일은 아니라고 생각했다. 부모와 자식 간이라고 중요한 모든 것을 나눌 필요는 없었다.

부모와 자식 간에도 서로의 행복을 위해 적절한 거리가 필요하고, 그러기 위해서는 제대로 된 독립이 필요하다. 그러나 생각보다 독립은 쉬운 게 아니었다. 부모님이 나를 계속 안전하게 보호해 주려고 하셨기 때문이다. 그리고 나 또한 부모님의 품이 안락해서 벗어나야겠다는 생각을 하지 않았다. '직장이 가까운데 왜 쓸데없이 나가 살려고 하느냐. 월급 받으면 가져와라, 관리해 줄 테니까.' 모두 맞는 말처럼 들렸고, 집에 가면 따뜻한 밥이 차려져 있었다. 조금 불편한 점이 있었지만 부모님의 품속에서 사는 것은 확실히 편했다. 그래서 어른이 되어서도 학생처럼 집과 직장을 오갔다. 그러다 부모님께 일방적으로 통보를 하고 떠나고 나서야 알게 되었다. 독립을 좀 더 일찍 했어야 했다는 것을. 그리고 새끼들에게 사냥 방법을 알려 주고 덤덤하게 떠나는 치타처럼 부모님도 나를 그렇게 놓아 주셨더라면 좋았을 거라는 생각이 들었다.

여행에서 만난 많은 사람은 자신의 인생을 허락받으며 살고

있지 않았다. 스스로 책임지는 대신 원하는 것을 경험했고, 그 과정에서 다치고 회복하면서 점점 단단한 사람이 되어 갔다. 그러면서 자신의 색을 만들어 가고 있었다. 그러나 나는 어른이 되고 나서도 오랜 시간을 아이처럼 지내고 있었다. 부모에게 경제적·환경적으로 의지하고 있어서 자유롭게 의사결정을 하는 것이 어려웠기 때문이다. 그러니 진짜 목소리를 내고 행동에 옮기기 어려웠고, 자연스럽게 내가 원하는 것이 무엇인지도 알 길이 없었다. 어른이 된 나에게 진짜로 필요했던 것은 부모님의 걱정과 방향 제시가 아니었다. 그저 사랑하고 믿어 주는 것만으로도 충분했다.

네가 하고 싶은 걸 해 봐.
너는 너 외에 그 무엇도 될 필요가 없어.
네가 어떤 모습이든
나는 너를 사랑한단다.

실패해도 괜찮아.
세상은 그러면서 배워 가는 거야.
힘들면 쉬었다 가렴.
그렇게 네가 되렴.

만약 부모님이 자유로운 삶을 살 수 있어서 내게 이런 말을 전해 주었다면 나는 이렇게나 힘이 들지 않았을지도 모르겠다. 아마도 그랬다면 세상이 원하는 누군가가 되기 위해서 억지로 노력하지 않았을 것이다. 그리고 돈과 성공에 집착하지 않고 하고 싶은 일을 망설임 없이 선택했을 것 같다. 그러면 세계 일주를 떠날 필요도 지금처럼 일을 그만두는 일도 없었을 거라는 생각이 들었다. 부모님도 끝없는 자식 걱정에서 벗어나 자신들의 행복을 돌볼 수도 있었을 것이다. 그래도 정말 다행스럽게도 늦게나마 제대로 된 독립을 경험했고 그 경험을 통해 이런 생각들을 할 수 있었다.

나는 말씀드리지 말아야겠다고 다시 한번 다짐했다. 하고 싶은 일을 찾는 것은 내게 꼭 필요한 일이었고 책임을 진다면 허락을 구할 이유가 없었다. 그리고 나와 마찬가지로 힘든 삶을 살아가는 부모님께 짐을 지우고 싶지 않았다. 그 대신 기쁘게 웃는 내 미소를 보여드리고 싶어졌다. 그리고 지금 당장은 아닐지라도 결국에는 부모님도 내가 어떤 일을 하느냐가 아니라 행복하길 바랄 거라고 생각했다.

나를 바라보는
시선

퇴사 후의 삶을 어떤 방향으로 가져가야 하는 걸까? 이 소중한 기회를 제대로 사용할 수 있을까?

퇴사에 대한 의지를 다지고 약간의 시간과 돈을 마련했지만 아직 이 부분에 대해서는 정리가 되지 않았다. 이 문제는 앞으로 1년, 어쩌면 인생 전체의 궤도를 바꿀 수도 있는 부분이라서 고민하는 내내 힌트가 있으면 참 좋겠다는 생각이 들었다. 그리고 혼자서 생각하다 보면 아무래도 나를 객관적으로 보기도 힘들 거 같아서 다른 사람들의 의견을 듣는 것도 필요하겠다고 생각했다. 그래서 내가 소중하게 생각하는 사람들에게 내 상황을 전달하고 그들의 의견을 구해 보기로 했다.

내가 소중하게 생각하는 사람들 중에서, 지금 상황에 적절한 조언을 줄 수 있는 사람은 누구일까? 이 질문을 마저 끝내기도 전에 이름이 자연스럽게 떠올랐다. 동근이, 상현이, 미애 누나. 이 세 명은 각각 다른 이유로 나에게 소중한 의견을 줄 수 있는 사람들이었다. 동근이는 허물없는 사이지만 아무래도 오랜 기간 못 만났기 때문에 가장 객관적인 시선에서 의견을 줄 수 있을 거 같았다. 그리고 워낙 재치가 있는 사람이라서 내가 생각하지 못한 멋진 아이디어가 나올 것도 같았다. 다음으로 현실을 잘 지켜내는 상현이는 현실과 꿈 사이에서 고민하는 친구라서 새로운 도전을 하려는 나에게 현실적인 의견을 줄 거라고 생각했다. 마지막으로 미애 누나는 항상 꿈꾸고 도전하는 사람이기 때문에 한 발 앞에 있는 사람으로서 나에 대한 생각을 말해 줄 수 있을 거 같았다. 그렇게 객관적인 시선, 현실적인 시선, 이상적인 시선을 가진 세 사람에게 각자 다음과 같이 부탁했다.

　　동근 샘, 상현아, 누나. 내가 조만간 공무원을 그만두고, 하고 싶은 일을 찾기 위해 다시 도전할 생각이야. 그런데 퇴사라는 게 한번 결정하면 되돌릴 수 없는 정말 중요한 일이잖아. 그래서 결론을 내리기 전에 소중한 사람의 의견을 들으면 좋겠다는 생각이 들더라고. 그래서 작은 부탁을 하나 하려고 연락을 했

어. 내가 공무원을 그만두고 하고 싶은 일을 찾아 다시 도전한다는 말을 들었을 때 떠오르는 감정을 나에게 말해 주면 좋겠어. 응원해 주지 않아도 되고 그냥 솔직하게 느껴지는 그 감정을 짧게라도 적어서 보내 주면 정말 고마울 거 같아. 그러면 혼자 고민해서는 알 수 없는 나의 모습을 참고해서 좀 더 나은 결정을 내릴 수 있을 거 같아.

고맙게도 세 사람 모두 흔쾌히 수락했고, 며칠 후에 짧고 긴 저마다의 생각을 나에게 보내 주었다.

동근 샘이 보내 준
_ 객관적인 시선

염 샘은 나에게 인생의 아름다움을 발견해 주는 사람이야.

그런 자극은 내가 재밌는 삶을 살 수 있도록 도움을 주더라고.

사는 것도 참 쿨하고 일 벌리기도 좋아하고,

마치 도전이라는 단어를 늘 가슴속에 품고 살아가는 사람 같아.

아마도 지금은 염 샘 스스로 내면을 들여다보는 것에 집중하고

있는 것처럼 보여.

정말 염 샘은 하기 싫은 건 목에 칼이 들어와도 하기 싫은가 봐.

좋아하는 것은 반드시 해야 직성이 풀리는 것처럼 보이고.

참 묘한 사람이야.

선비 같으면서도 한량 같은 모순덩어리.

그래서 당신의 얘기를 들었을 때 들었던 생각은,

한 단어로 외계인이었어.

왜냐하면

지구인이라면

지구인처럼 놀고

지구인처럼 공부하고

지구인처럼 회사 다니고

지구인처럼 결혼해서

지구인처럼 안정된 삶을 꿈꿔야 하는데

그러지를 않으니까.

그래서 오히려 나는 염 샘의 앞날이 기대되고 궁금해.

상현이가 보내 준
_ 현실적인 시선

나는 너의 얘기를 들었을 때 '용기'라는 단어가 가장 먼저 떠올랐어. 꿈꾸는 것을 할 수 있는 자와 할 수 없는 자의 차이. 누구나 자유롭게 살고 싶고, 하고 싶은 것을 하며 살고 싶은 것은 마찬가지겠지. 그러나 그것을 시도조차 하지 못하는 것은 결국 용기가 없어서라고 생각해. 그런데 용기를 내지 못하는 데에도 분명 이유가 있을 거야.

그래서 생각해 보게 되었어. 왜 나는 용기를 내지 못하는가? 왜 나는 용기가 없어서 하고 싶은 대로 살지 못하고 있을까? 그러면서 나와는 반대로 자신이 하고 싶은 것을 마음껏 펼치며 살아가는 너와 나를 비교하게 된다.

나는 사람의 모습은 자기가 살아 온 환경과 경험에 의해 결정된다고 생각해. 선천적으로 소심한 사람과 대범한 사람이 있겠지만 환경과 경험에 의해 아주 다른 모습으로 발현되더라.

너와 나를 직접적으로 비교하자면, 난 늘 소극적이고 부모님의 그늘에 가려 나 자신이 원하는 것을 한 번도 제대로 해 본

더 이상 미루면 포기할 것 같아서

적이 없는 거 같아. 거기에는 끈기가 단 1도 없는 성격도 한몫했다고 생각해. 반면 학창 시절부터 도전에 익숙해져 있는 너는, 삶을 적극적으로 개척한 부모님과 네가 원하는 것들을 이루어 낸 경험에서 계속 도전할 힘을 얻어 나가고 있는 거 같아.

나는 성공하는 삶을 사는 사람은 능력이라는 특징을 가지고 있다고 생각해. 더 직접적으로 말하자면 지능이 뛰어난 사람이라고 말할 수도 있겠어. 물론 똑똑하지 못한 사람도 용기를 낼 수 있다고 생각하지만 그 용기의 대가는 대부분 실패야. 혹은 성공을 하더라도 무수한 실패를 겪고 나서야 성공할 수 있겠지. 그것도 아니라면 천운을 타고난 사람만이 성공에 이를 수 있는 것 같아. 다른 사람보다 한 수 앞을 바라볼 수 있어서 남들보다 우위에 설 수 있는 그런 사람들만이 성공하고 그들을 중심으로 세상이 돌아간다는 생각이 들어.

언제쯤 나도 내가 원하는 삶을 살 수 있을까? 물론 너와 나는 하고자 하는 일이 많이 다르지. 그럼에도 너는 네가 원하는 삶을 살고 있고, 나는 등 떠밀려 내가 원하지도 않은 많은 것을 하고 있음을 부정하지는 못하겠다. 언젠가 용기가 생긴다면, 용기를 가질 수 있는 능력이 갖춰진다면 나도 내가 원하는 것들을 하며 살 수 있지 않을까?

미애 누나가 보내 준
_ 이상적인 시선

스마일 스티커였어.

너와 나의 첫 만남은 스마일 스티커로 시작되었지.

그 시절 나와 동료는 한창 커피에 빠져 있었고, 우리는 하루의
모든 행복이 아침에 내리는 커피에서 시작된다는 듯이 쌉싸래
한 향의 커피를 내리며 진지하고 설레는 아침을 만들어 가고
있었어. 우리 팀은 커피가 내려지면 일찍 온 옆 팀 사람들에게
나눠 주곤 했는데, 너도 우리의 행복 커피를 테스트받는 사람
중의 하나였어. "이것 좀 드세요"하며 우리는 조금씩 매일 인
사를 나눴고, 어느 날 아침인가 너는 조심스럽게 우리 팀으로
다가왔었지.

"저… 이거 드리고 싶어서요."

"네? 어머! 스티커다!"

네가 내민 것은 다양한 웃는 얼굴이 그려진 스마일 스티커였어.

"매일 아침 커피를 나눠 주시는데 저도 뭔가 드리고 싶어서요."
"어머, 감사합니다."

내미는 스티커를 받으려 할 때 너는 아주 진지하고 소중한 일
인 것처럼 말했었어.

"이 중에서 가장 맘에 드는 거 하나 고르세요."
"네? 하하하하하하하하하."

　나는 그 순간 오랜만에 가슴으로 빵~ 하고 웃었어. 세상에
이런 사람이 다 있나? 이런 남자도 있어? 잘못 생각하면 '그
스티커 한 장이 얼마나 한다고 그걸 다 안 주고 그중에 고르라
니!' 하겠지만 나는 그때 알았어. 이 사람은 작은 것도 소중히
생각하는 따뜻한 사람이라는 걸. 너는 그날 아침, 정말이지 아
주아주 고마운 마음을 그렇게 전달한 것이었어. 대충 아무거
나 주자! 그게 아니었던 거지. 아주 소중하게 그리고 진지하게
내민 '스마일'을 내게 선물하고 싶었던 거야. 나는 그 스티커를
가장 소중하게 생각하는 곳에 붙여 두고 힘들 때마다 보면서
씩~ 하고 웃곤 했어.
　그러던 어느 날 네가 직장을 떠나 좀 더 마음이 원하고 이끄
는 삶을 살고 싶다고 얘기했지. 나는 진심을 다해 온 마음으로

응원했고, 그리고 너를 믿는 마음으로 얘기했지.

"규영아, 이것만 꼭 기억해 줘. 만약 네가 하다가 안 되는 일이 있어도, 항상 말했던 것처럼 절대 부끄러워하면 안 돼. 다시 빨리 현재 상태로 돌아가서 또 다른 마음이 이끄는 것을 하면 되니까. 지금 네가 하려는 것, 하려는 마음. 그것이 가장 위대하고 소중한 거니까. 누나는 네가 어떤 소식을 들려주든, 네가 어떤 모습으로 오든 고마운 마음으로 기다릴게."

난 알고 있었어. 걸어갈 길이 여러 갈래로 나뉘고 방황도 하겠지만 결국 자기 길을 찾아내 걷게 되리란 걸. 꿈을 찾는 너만의 길을 걸어가기만 한다면.
마지막으로 규영아. 너는 매사 진지하고 어떨 땐 냉철하기까지 한데, 신기하게도 마음을 무장 해제시키는 사람이야. 계절이 주는 선물에 감사할 줄 알고, 작은 것에 감동할 줄도 알고. 그렇게 넌 장점이 많은 사람이라는 거 알지? 누나는 네가 어떤 결정을 해도 응원해. 그리고 성공하지 못해도 괜찮아. 그저 네 마음의 길을 따라가렴.

더 이상 미루면 포기할 것 같아서

완벽하지 않아도
괜찮아

그만두고 뭐하지? 이제 곧 돈과 시간이 마련되는데 아직 무엇을 해야 할지 몰랐다. 막상 이렇게 고민해서 찾을 수 있나 싶기도 했다. 왜냐하면 나는 '무엇을 하기 위해서'가 아니라 '하고 싶은 것을 찾기 위해' 그만두는 것이었기 때문이었다. 그래서 거창한 거 말고 지금 당장 할 수 있는 것 중에 뭐가 있나 생각해 보았다. 마침 그때 모니터에 열린 내 블로그가 보였다.

거기에는 세계 여행의 경험이 완성되지 못한 채 남아 있었다. 언제 한번 시간이 되면 끊긴 얘기를 이어가고 싶었다. 나는 옛 생각이 나기도 해서 모처럼 여행지의 기억을 클릭해 보았다. 그곳에는 한동안 잊고 지냈던 나의 생각들이 고스란히 담겨 있었다. 글을 하나하나 계속 읽다 보니 그런 생각이 들었다. 어쩌면 지금이 여행의 처음부터 마지막까지를 정리하기 좋은 때가 아닌가. 그렇게 지난 6년을 정리하면 새로운 시작에 도움이 될 거 같았다. 그래서 우선은 완성되지 못한 나의 여행을 글로 마무리하기로 했다. 완벽한 계획보다는 이 정도로 시작해도 괜찮겠다 싶었다. 하고 싶은 일을 찾는 데 완벽한 계획은 오히려 방해가 될 수도 있기 때문이었다.

가만 보면 세계 일주나 지금 하려는 일은 '원하는 것을 찾는 것'이라는 데서 다르지 않았다. 그리고 여행은 완벽한 계획이 얼마나 부질없는 것인지를 자주 느끼게 해 주었다. 여행을 준비할 때 PPT에 경로와 비용까지 세세하게 적어가며 철저하게 준비를 했다. 그러나 막상 떠난 여행은 내 계획 대로 흘러가지 않았고 그 덕분에 여행을 더 잘할 수 있었다. 계획에도 없던 러시아에 가서 낭만을 느꼈고, 상상도 못 했던 노르웨이를 두 번이나 갔다. 그리고 타지마할에 들어가지 않아서 나 자신이 원하는 것도 알게 되었다. 그 틀어짐의 순간들은 절정의 시간이었고, 힘든 순간의 탈출구였다. 내 마음이 간절히 원했던 순간이었고 그것을 실행한 결과였다.

만약 계획 대로만 하려고 했다면 나는 그런 행운의 시간을 만날 수 없었을 것이다. 그래서 이번에는 하고 싶은 일을 찾

더 이상 미루면 포기할 것 같아서

는 여행이라고 생각하고 가볍게 출발해 보기로 했다. 분명 쉽지 않은 길이겠지만, 내 마음을 따라 하고 싶은 것을 하다 보면 여행처럼 자연스레 길이 이어질 거라고 생각했다. 모든 준비를 마친 나는 실장님께 무겁지 않게 의원면직에 대해 말씀드렸다. 그리고 꼭 1년을 채운 어느 날 새로운 도전을 시작했다.

더 이상 미루면 포기할 것 같아서

부디 덜 아프고 덜 슬펐으면 좋겠습니다

'하고 싶은 것이 있으면 바로 실행한다.' 퇴사 후 저는 그 어느 때보다도 생생하게 살아가고 있는 중입니다. 하고 싶은 일이 생기거나 일하고 싶은 회사를 만나면 그것에 대해 공부하고 제가 할 수 있는 것이 무엇인지 정리합니다. 그리고 그 내용을 정성스러운 편지로 적어서 관련된 곳이나 대표님에게 직접 연락을 드렸습니다. 그러자 놀랍게도 담당자나 대표님에게서 연락이 왔습니다. 한번은 바로 다음 날 면접을 보러 오라고 연락이 왔습니다. 아쉽게도 결과까지 좋았던 것은 아니지만 그때의 만남은 잊을 수 없는 경험이었습니다. 그리고 대표님으로부터 열정은 높게 사지만 정말 중요한 것은 '실력'이라는 귀한 말씀도 들을 수 있었습니다.

더 이상 미루면 포기할 것 같아서

이후 삶의 위기가 아니면 읽지 않았던 책들을 가까이하기 시작했습니다. 그러면서 그동안 책을 읽지 않았던 것을 많이 후회했습니다. 책 속에는 제가 열심히 살면서도 아플 수밖에 없었던 이유들이 고스란히 적혀 있었습니다. 저는 그 속에 점점 더 빠져들었고 새롭게 배운 것을 더해 계속 글을 써 나갔습니다. 그리고 그 과정을 통해 알게 된 것 역시 바로 실행했습니다. 그런 과정은 몇십 년 동안 겪지 못했던 새로운 삶을 살게 해 주었습니다. 마치 또 다른 방식으로 세계 일주를 떠난 거 같았습니다. 책을 읽고 실행하면 새로운 장소에 가 있었고 생각지도 못한 사람들을 만나고 있었습니다. 그리고 제가 꿈꾸는 삶을 이미 실현하신 분들로부터 삶에 대한 지혜를 배우고 응원까지 받을 수 있었습니다.

그러나 이런 과정이 마냥 즐겁기만 한 것은 아니었습니다. 이번 퇴사는 예상한 것보다 더 쉽지 않았고 저는 몇 달 사이에 얼굴이 반쪽이 되었습니다. 무엇을 해야 할지 모르겠는 하루를 보내기에는 시간이 많다는 게 오히려 고통이었습니다. 하루 종일 아무것도 하지 않고 누워만 있는데도 힘이 쭉쭉 빠져 나갔습니다. 그러나 그러한 과정 또한 피해 갈 수 없는 순간이라고 받아들였습니다. 그리고 억지로 자리에서 일어나 밖으로 걸어 나갔습니다. 나뭇잎 하나 없는 앙상한 하천 옆길을 계속 걸었습니다. 앞이 보이지 않으니 그냥 무작정 걸었습니다. 저는 그렇게 어떻게든 조금씩 힘을 내기 시작했습니다.

가끔 '공무원을 그만두지 말 걸 그랬나?'라는 질문을 던져 보기도 했습니다. 그러나 곧 그 질문이 얼마나 어리석은지 깨닫고는 고개를 크게 좌우로 흔들었습니다. 저는 그동안 제 인생을 어떻게 살아야 할지, 하루의 반 이상을 차지하는 일을 무엇으로 정할지, 인생에서 가장 중요한 질문들을 스스로에게 하지 않았습니다. 제 삶에는 제가 없었습니다. 그래서 저는 아무것도 사랑할 수 없었고, 그래서 아무것도 책임지지 않으려고 했습니다. 그래서 좋은 직장을 얻어도 소중한 인연이 찾아와도 걷어 내기 바빴습니다. 저는 스스로 불행을 만들어 내는 사람이었습니다.

그렇기 때문에 저에게는 지금처럼 책을 읽고 고민하고 그것을 글로 적어 내는 시간이 반드시 필요했습니다. 그렇게 이 과정을 통해 제 삶에 진짜 문제가 무엇이었는지 조금씩 알아 가고 있는 중입니다. 그 결과 간신히 제 삶의 주도권을 가져오기 시작했고 이제는 사랑이 하고 싶어졌습니다. 그리고 책임을 지는 사람이 되고 싶어졌습니다. 저는 이렇게 돌고 돌아서 부모로부터 제대로 독립한 '진짜 어른'이 되어 갔습니다.

만약 '자신'이 아닌 '누군가'가 원하는 삶을 살아가고 있는 사람이라면 '자신을 찾을 용기'를 내 보았으면 좋겠습니다. 그 방법이 반드시 퇴사나 세계 일주처럼 거창하고 극단적인 것일 필요는

더 이상 미루면 포기할 것 같아서

없다고 생각합니다. 오히려 그렇게 어려운 것이 아니길 바랍니다. 가능하다면 주위에서 행복한 삶을 살아가는 사람들의 모습에서, 또는 한 권의 책에서 '자신의 인생을 스스로 살아갈 수 있다'는 사실, 그리고 '자신의 일을 스스로 선택해도 된다'는 당연한 사실을 확인할 수 있으면 좋겠습니다.

비록 저는 '스스로의 선택으로 살아가는 삶'이 가능하다는 것을 뒤늦게 깨달았지만 이 글을 읽는 분들은 저와 같지 않았으면 좋겠습니다. 다른 분들은 부디 덜 아프고 덜 슬펐으면 좋겠습니다. 아니 가능하면 삶에 더 많은 행복을 채워 넣으셨으면 좋겠습니다. 그것이 부끄럽고 창피한 제 얘기를 멈추지 않고 적었던 단 하나의 이유입니다. 저도 여러분도 자신의 삶을 스스로 선택하며 행복하게 살아가면 좋겠습니다.

2020년 2월
어느 겨울날
— 염규영

누구에게나 인생의 전환점이 있다

더 이상 미루면 포기할 것 같아서

초판 1쇄 발행　　2020년 3월 6일

지은이　　　　염규영

펴낸이　　　　신민식
펴낸곳　　　　가디언
출판등록　　　제2010-000113호

주　소　　　　서울시 마포구 토정로 222 한국출판콘텐츠센터 306호
전　화　　　　02-332-4103
팩　스　　　　02-332-4111
이메일　　　　gadian7@naver.com
홈페이지　　　www.sirubooks.com

인쇄·제본　　(주)현문자현
종이　　　　　월드페이퍼(주)

ISBN　979-11-89159-53-5 (03810)

이 도서의 국립중앙도서관 출판예정도서목록(CIP)은 서지정보유통지원시스템 홈페이지
(http://seoji.nl.go.kr)와 국가자료공동목록시스템(http://www.nl.go.kr/kolisnet)에서
이용하실 수 있습니다.(CIP제어번호: CIP2020007929)